新文学选集

殷夫选集

开明出版社

殷夫先生遗像

出版说明

新中国成立不久，中央人民政府文化部就成立了“新文学选集编辑委员会”，负责编选“新文学选集”，文化部部长茅盾任编委会主任，出版总署副署长叶圣陶、中宣部文艺处处长、作协党组书记兼副主席、《文艺报》主编丁玲、文艺理论家杨晦等任编委会委员。“新文学选集”1951 年由开明书店出版，是新中国第一部汇集“五四”以来作家选集的丛书。

这套丛书分为两辑，第一辑是“已故作家及烈士的作品”，共 12 种，即《鲁迅选集》《瞿秋白选集》《郁达夫选集》《闻一多选集》《朱自清选集》《许地山选集》《蒋光慈选集》《鲁彦选集》《柔石选集》《胡也频选集》《洪灵菲选集》和《殷夫选集》。“健在作家”的选集为第二辑，也 12 种，即《郭沫若选集》《茅盾选集》《叶圣陶选集》《丁玲选集》《田汉选集》《巴金选集》《老舍选集》《洪深选集》《艾青选集》《张天翼选集》《曹禺选集》和《赵树理选集》。

“选集”的编排、装帧、设计、印制都相当考究。健在作家选集的封面由本人题签。已故作家中，“鲁迅选集”四个字选自鲁迅生前自题的“鲁迅自选集”，其他作家的书名均由郭沫若题写。正文前印有作者照片、手迹、《编辑凡例》和《序》；“已故作家”的“选集”中有的还附有《小传》，《序》也不止一篇。初版本为大 32 开软精装本，另有乙种本（即普及本）。软精装本扉页和封底衬页居中都印有鲁迅与毛泽东的侧面头像，因为占的版面较大，格外引人注目。毛泽东在《新民主主义论》中称鲁迅“是文化新军的最伟大和最英勇的旗手”，“是中国文化革命的主将”，“不但是伟大的文学家，而且是伟大的思想家和伟大的革命家”，“鲁迅的方向，就是中华民族新文化的方向”，刊印鲁迅头像是为了突出鲁迅在新文学史上的权威地位，将鲁迅头像与毛泽东头像并列刊印在一起，则寄寓着以鲁迅为代表的“五四”新文学发展的最终方向，就是走向 1942 年以后的文艺上的“毛泽东时代”。学习毛泽东《在延安文艺座谈会上的讲话》，实践毛泽东提出的革命文艺发展的正确方针，是新中国文学发展的必由之路。

“已故作家”中，鲁迅、朱自清、许地山、鲁彦、蒋光慈五人“因病致死”；瞿秋白、郁达夫、闻一多、柔石、胡也频、洪灵菲、殷夫七人都是“烈士”，是被反动派杀害的。鲁迅和瞿秋白是“左联”主要领导人；蒋光慈、洪灵菲、胡也频、柔石、殷夫都是“左翼作家”。闻一多、朱自清是“民主主义者和民主个人主义者”，但他们“在美国帝国主义者及其走狗国民党反动派面前站起来了”，“闻一多拍案而起，横眉怒对国民党的手枪，宁可倒下去，不愿屈服。朱自清一身重病，宁可饿死，不领美国的‘救济粮’。他们是我们民族的脊梁”，“表现了我们民族的英雄气概”。[1] “已故作家”和“烈士作家”选集的出版，“正说明了中国人民的、革命的文学和文化所走过来的路，是壮烈的”[2]。

“健在作家”中郭沫若位居政务院副总理兼文教委主任，是国家领导人。茅盾“是党的最早的一批党员之一，曾积极参加党的筹备工作和早期工作”，[3] 又是新中国的文化部部长、作家协会主席，身份特殊。洪深、丁玲、张天翼、田汉、艾青、赵树理等都是党员作家。叶圣陶、巴金、老舍、曹禺等人在文学上的成就自不待言，又都是我党亲密的朋友，是“进步的革命的文艺运动”(茅盾语）的参与者，是“革命文艺家”[4]。

“健在作家的作品”，由作家本人编选，或由作家本人委托他人代选。“已故作家及烈士的作品”，由编委会约请专人编选。《郁达夫选集》由丁易编选、《洪灵菲选集》由孟超编选，《殷夫选集》由阿英编选，《柔石选集》由魏金枝编选，《胡也频选集》由丁玲编选，《蒋光慈选集》由黄药眠编选，《闻一多选集》和《朱自清选集》均由李广田编选，《鲁彦选集》由周立波编选，《许地山选集》由杨刚编选。编委会约请的编选者

---

① 毛泽东：《别了，司徒雷登》，《毛泽东选集》第 4 卷，人民出版社 1991 年版，第 1496 页。

② 冷火：《新文学的光辉道路——介绍开明书店出版的“新文学选集”》，《文汇报》1951 年 9 月 20 日第 4 版。

③ 胡耀邦：1981 年 4 月 11 日在沈雁冰追悼会上的致词。

④ 冷火：《新文学的光辉道路——介绍开明书店出版的“新文学选集”》，《文汇报》1951 年 9 月 20 日第 4 版。

多为名家，且与作者交谊深厚，对作者的创作及其为人都有深切的了解，能够全面把握作家的思想脉络，准确地阐述其作品的文学史意义。《鲁迅选集》和《瞿秋白选集》则由“新文学选集编辑委员会”编选，规格更高。

这套丛书的意义首先在于给“新文学”定位。《编辑凡例》中说：“此所谓新文学，指‘五四’以来，现实主义的文学作品而言”；“现实主义是‘五四’以来新文学的主流”；“新文学的历史就是批判的现实主义到革命的现实主义的发展过程”。这种独尊“现实主义的文学”的做法，把浪漫主义、象征主义以及意识流小说等许许多多优秀的文学作品挡在“新文学”的门槛之外了，在今天看来不免“太偏”，可在新中国成立伊始的“大欢乐的节日”里，似乎是“全社会”的“共识”。《编辑凡例》还说：“这套丛书既然打算依据中国新文学的历史发展的过程，选辑‘五四’以来具有时代意义的作品”，使读者“藉本丛书之助”，“能以比较经济的时间和精力对于新文学的发展的过程获得基本的初步的知识”，从而点出了这部“新文学选集”的“文学史意义”：编选的是“作品”，展示的则是“新文学的发展的过程”。把“现实主义的文学”作为“新文学”的主流，以此来筛选作品；重塑“新文学”的图景；规范“新文学史”的写作；建构“新文学”的传统；回归“完整的理论体系和最高指导原则”；为新中国的文学创作提供借鉴和资源，乃是这套“新文学选集”的意义和使命所在，因而被誉为“新文学的纪程碑”。

遗憾的是这套丛书未能出全。“已故作家及烈士的作品”

只出了11种，《瞿秋白选集》未能出版。瞿秋白曾经是中共的“领袖”，按当时的归定：中央一级领导人的文字要公开发表，必须经中央批准。再加上瞿秋白对“新文学”评价太低，他个别文艺论文中的见解与“左翼”话语相抵牾，出于慎重的考虑，只好延后。健在作家的选集也只出了11种，《田汉选集》未能出版。他在1955年人民文学出版社出版的《〈田汉剧作选〉后记》中对此做了解释：

> 当1950年新文学选集编辑委员会编选五四作品的时候，我虽也光荣地被指定搞一个选集，但我是十分惶恐的。我想——那样的东西在日益提高的人民的文艺要求下，能拿得出去吗？再加，有些作品的底稿和印本在我流离转徙的生活中都散失了，这一编辑工作无形中就延搁下来了。

“作品的底稿和印本”的“散失”，并不是理由；“惶恐”作品“在日益提高的人民的文艺要求下，能拿得出去吗?”，这才是“延搁”的主因。出版的这22种选集中，《鲁迅选集》分上、中、下三册，《郭沫若选集》分上、下二册，其馀20位作家都只有一册，规格和分量上的区别彰显了鲁迅和郭沫若在我国现代文学史上崇高的地位，鲁迅是新文化运动的旗手和主将，郭沫若是继鲁迅之后的又一位“主将”和“向导”[①]，从而为鲁郭茅巴老曹的排序定下规则。

鉴于这套丛书的重要意义，本社依开明版重印，并保留原有的风格，以飨读者。

开明出版社

① 周恩来：《我要说的话》，重庆《新华日报》1941年11月17日第1版。

编辑凡例

一、此所谓新文学，指“五四”以来，现实主义的文学作品而言。如果作一个历史的分析，可以说，现实主义是“五四”以来新文学的主流，而其中又包括着批判的现实主义（也曾被称为旧现实主义）和革命的现实主义（也曾被称为新现实主义）这两大类。新文学的历史就是从批判的现实主义到革命的现实主义的发展过程。一九四二年毛主席在延安文艺座谈会的讲话发表以后，革命的现实主义文学便有了一个新的更大的发展，并建立了自己完整的理论体系和最高指导原则。

二、现在这套丛书就打算依据这一历史的发展过程，选辑“五四”以来具有时代意义的作品，以便青年读者得以最经济的时间和精力获得新文学发展的初步的基本的知识。本来这样的选集可以有两种方式，一是按照作品时代先后，成一总集，又一是个别作家各自成一选集；这两个方式互有短长，现在所采取的，是后一方式。这里还有两个问题须要加以说明。第一，这套丛书既然打算依据中国新文学的历史发展的过程，选辑“五四”以来具有时代意义的作品，换言之，亦即企图藉本丛书之助而使读者能以比较经济的时间和精力对于新文学的发展的过程获得基本的初步的知识，因此，我们的选辑的对象主要是在一九四二年以前就已有重要作品出世的作家们。这一个范围，当然不是绝对的，然而大体上是有这么一个范围，并且也在这一点上，和《人民文艺丛书》作了分工。第二，适合于上述范围的作家与作品，当然也不止于本丛书现在的第一、二两辑所包罗的，我们的企图是，继此以后，陆续再出第三、四……等辑，而使本丛书的代表性更近于全面。

三、本丛书第一、二两辑共包罗作家二十四人，各集有为作家本人自选的，也有本丛书编委会约请专人代选的，如已故诸作家及烈士的作品。每集都有序文。二十余年来，文艺界的烈士也不止于本丛书所包罗的那几位，但遗文搜集，常苦不全，所以现在就先选辑了这几位，将来再当增补。

新文学选集编辑委员会

一九五一年三月，北京

代 序

——鲜血记录的历史第一页

雪 峰

在中国革命文化运动上起了伟大的先锋作用，在人民的革命文学史上有它重要地位的“中国左翼作家联盟”，是一九三〇年三月成立于上海的。可是，它成立的时候就是所谓“非法”的团体。那时候，正是国民党叛变革命的一九二七年之后，从一九二七年四月起，国民党几乎每天在各地大批大批的屠杀革命人民，疯狂的白色恐怖有增无已。蒋匪施用法西斯血腥政策，并且从一九二九年起集中力量进攻苏维埃红军，来企图巩固他的反革命政权；一九三〇年就是在反动最高潮的中间。人民不仅没有言论出版结社的自由，连生命都是丝毫没有保障的，但另一方面，也正是民族危机日益紧急，人民的革命斗争日趋高潮的时候。所以，“左联”是自始到终都在高度的白色恐怖的压迫之下进行活动和斗争的，不仅通过万分困难的条件进行言论的思想的战斗，并且也以同志的生命献给人民的革命事业了。

我们流了血，并且流了很大的血。第一批以革命作家的身份以“左联”会员的身份，被国民党反动统治杀害了的就是柔石、胡也频、白莽、李伟森、冯铿等五个同志。此后还有洪灵菲、应修人、潘漠华等同志，先后被杀于北平、上海和天津，他们也都是国内知名的作家和诗人，都是“左联”的会员。而更早的还有优秀的人民演员，“中国左翼戏剧家联盟”的会员宗晖同志，他是一九三〇年秋天被杀于南京的。我还没有把瞿秋白同志算在里面；但他也是“左联”会员。当时牺牲的社会科学家方面的同志，我现在都还没有提到。总之我们流的血是多的。可是，“左联”的战斗自始到终都胜利的，我们流的血，就恰恰证实了我们的胜利。首先，我们的血是和革命人民的血流在一道的，我们是和人民一道在战斗的。其次，在当时“左联”方面，我们并没有被血所吓倒，并没有因此而恐惧或退避。

我姑且不谈别的事情，单只约略地提一提当第一批五个同志被害时的一些情形和他们的血所引起的影响罢。是的，五个同志被害的当时，法西斯恐怖是怎样地笼罩着上海和中国在苏区以外的地区。“左联”当时又处于怎样的困难之下。我们以及五个同志的家属都没有办法去收五个同志的尸首，这可以不用说了。我们甚至于没有地方能说一句话，更不用说如何来纪念他们了。鲁迅先生的诗句说“吟罢低眉无写处”，是完全的实情。但后来我们也终于进行了纪念。

当“左联”初成立时，即一九三〇年上半年，我们还有几个所谓“不合法”的，然而公开发行的杂志，如《拓荒者》《萌芽月刊》《巴尔底山》等。但很快就都不能继续出版了。这样，就一直到了五个同志被害以后，我们为了无论如何要把同志被杀的消息告诉给广大人民，要表示我们的抗议，要纪念我们的同志，这才在一九三一年四月，创刊了完全秘密发行的机关杂志《前哨》。

这“前哨”名字也只用了一期，第二期就改名为“文学导报”了，因为“前哨”两字更容易为敌人的侦探所嗅知。

而这一期《前哨》，就是全部献给殉难同志的“纪念战死者专号”!

这“战死者”，当然就是第一批被害的“左联”五同志。但同时，在纪念专号上，我们也纪念了宗晖同志。

柔石等五个同志，是在一九三一年一月十七日同时被捕，在二月七日和别的十八个革命志士一起共二十三人，被活埋和枪杀于上海龙华国民党警备司令部里面的。当时，国民党是完全实行最卑劣的暗杀主义；不但没有宣布，并且严禁任何人把消息透露，我们和五个同志的家属，想知道我们同志的生死，想尽了一切方法，甚至于贿赂了行刑的刽子手，这才打听到了他们已经被害，而且知道他们死得非常的惨。后来，我们又从别的因另外案件关进龙华而得释放出来的人那里，知道得更详细一些，除证明了他们的确死得很惨以外，也知道了他们临死时是都非常英勇壮烈的。

关于国民党杀害我们同志用极惨毒的手段，现在是更可以证明了。因为在上海解放之后不久，我们的五个作家和别的十八个革命者的尸骨都已经找到。二十三个人被分成为几组，都被手铐相互联锁着，这就可以想见被害时的状况。他们是在龙华从前国民党警备司令部里面一个荒场里掘出来的，埋在地下已经二十年，面目当然已经不能辨别；但数目刚好二十三个，而且埋的地点也和我们以前打听到的相同，所以这是不会错的。

我已经说过，当时报纸上是不容许我们把国民党统治者杀害进步的革命作家的消息透露给广大的人民的，更不用说发表我们的抗议之类了。别的任何刊物杂志，也同样不能让我们登一点消息或说一句话，即使非常曲折隐晦。后来好容易才在《文艺新闻》上隐隐约约地透露了一点点。所以，无论怎样困难和危险，我们也只得创办秘密发行的刊物，并且把第一期献给我们的战死者。

我现在也还记得起来出版那秘密刊物和秘密纪念同志的艰难的情形。首先是因为没有印刷所敢于承印。我们只得联络了几个革命的排字工人，他们在午夜到天亮之前，瞒住了他们的老板，遮住了灯光，没有一点声音地来给我们排印。我们就守在他们旁边，他们排好一段我们校对一段，务必在天亮以前把刊物印好拿出印刷所。所以，现在如果还看得见那刊物，就会发觉错字很多，那是无怪的。其次，刊物的名字“前哨”两个战斗性的字也只得空着，让刊物拿到我们家里后再用木头刻的这两个字一份一份印上去。五个同志的照片，也设法在别处印好，以后再一份一份贴上去的。这都因为不想出这些方法，就不能弄出刊物来纪念我们的战死者的缘故。

但是，很清楚，我们所以一定要纪念，是因为这是战斗。这纪念是必要的，这战斗是必要的。我们清楚地认识同志们的血的意义的重大。这是通往胜利的血路，通往人民革命和人民革命文学的胜利的血路。这血路是我们要继续走下去的。因此、战死的五个同志是我们的旗帜，是当时“左联”的旗帜。我们现在都还记到，在当时《前哨》的“纪念战死者专号”上，鲁迅先生就写了下面这样的话：

> 中国的无产阶级革命文学在今天和明天之交发生，在诬蔑和压迫之中滋长，终于在最黑暗里，用我们的同志的鲜血写了第一篇文章。
>
> 我们的劳苦大众历来只被最剧烈的压迫和榨取，连识字教育的布施也得不到，惟有默默地身受着宰割和灭亡。繁难的象形字，又使他们不能有自修的机会。知识的青年们意识到自己的前驱的使命，便首先发出战叫。这战叫和劳苦大众自己的反叛的叫声一样地使统治者恐怖，走狗的文人即群起进攻，或者制造谣言，或者亲作侦探，然而都是暗做，都是匿名，不过证明了他们自己是黑暗的动物。
>
> 统治者也知道走狗的文人不能抵挡无产阶级革命文学，于是一面禁止书报，封闭书店，颁布恶出版法，通缉著作家，一面用最末的手段，将左翼作家逮捕，拘禁，秘密处以死刑，至今并未宣布。这一面固然在证明他们是在灭亡中的黑暗的动物，一面也在证实中国无产阶级革命文学阵营的力量，因为如传略所

罗列，我们的几个遇害的同志的年龄，勇气，尤其是平日的作品的成绩，已足使全队走狗不敢狂吠。

……我们的这几个同志已被暗杀了，这自然是无产阶级革命文学的若干的损失，我们的很大的悲痛。但无产阶级革命文学却仍然滋长，因为这是归于革命的广大劳苦群众的，大众存在一日，壮大一日，无产阶级革命文学也就滋长一日。我们的同志的血，已经证明了无产阶级革命文学和革命的劳苦大众是在受一样的压迫，一样的残杀，作一样的战斗，有一样的运命，是革命的劳苦大众的文学。

……

我们现在以十分的哀悼和铭记，纪念我们的战死者，也就是要牢记中国无产阶级革命文学的历史的第一页，是同志的鲜血所记录，永远在显示敌人的卑劣的凶暴和启示我们的不断的斗争。

鲁迅先生这几句如此简要、如此斩钉截铁、又如此感情深厚沉痛的话，是代表了“左联”全体同志的心情，代表了所有从事革命文艺和文化运动的战士们的心情，在追悼我们的战死同志的。自然，我们的悲痛是深沉的，我们的愤怒更是巨大的，但我们的信念也是坚定而明确的。

鲁迅的话，是在黑暗压迫下面，我们强有力的光明和胜利的声音。

这说明了当时“左联”的同志们并没有被血所吓退。我们清楚地认识了同志们的血证实了革命文学的力量，证实了我们是和广大的革命人民在一道的。正因为我们有力量，国民党反动统治不能用他们的走狗文人和我们进行文学斗争，就用了最后的凶残的卑劣无耻的手段，暗杀我们的作家。同时，这也的的确确证明了我们当时在革命文学上所以有力量，主要的是因为我们和人民的革命在一道，和劳苦大众在一道，我们在文学上的斗争是人民革命斗争的战线之一。

国民党蒋介石对革命的十年“围剿”，在军事上最主要的就是一连五次的“围剿”红军，可是国民党都失败了，一连五次“围剿”都被红军冲破了，胜利的是红军，是毛泽东共产党所领导的红军。在文化上，国民党也举行了十年“围剿”，禁止刊物，封闭书店和逮捕作家之外，还杀死我们五个作家，以及此后更加紧的压迫和几次杀害，都说明了那斗争的严重和剧烈。但是，国民党同样失败了，“左联”和国内整个的革命文化战线并没有因此而溃散，反而战斗得更壮勇，也更深入。因为它是人民的革命战线之一，因为它也同样为毛主席和共产党所领导的，并且是在鲁迅的直接指导之下的。

国民党杀害了我们五个同志，虽然不敢公布，但广大人民还是知道的。我们同志的牺牲，在当时就给了人民深刻的影响。人民明白革命作家和革命知识青年的血，是人民自己的血，而国民党的反动统治的本质就在杀害青年和杀害作家的事情上面暴露得更明显了。当时，世界上最著名的作家和诗人，如德国的革命作家路特威锡·棱，奥国革命诗人翰斯·迈伊尔，英国矿工出身的作家哈罗·海斯洛普，美国革命诗人果尔德，日本进步作家永田宽等，都曾经提了抗议书。“国际革命作家联盟”还发表了由各国著名作家诗人普遍签名的反对国民党屠杀中国革命作家的宣言。由于国内人民和国际上的抗议与反应，证明了我们同志所流的血是使人们更认识了国民党反动统治的黑暗的本质；同时也使革命文学和文化运动更深化，更和反动统治进行肉搏的战斗。

因此，我觉得鲁迅的话是完全对的。这是鲜血记录的革命文学历史的第一页。这个血的斗争，在那时还正是开始。嗣后压迫更厉害，血也继续的流，一直到人民革命胜利的今天。今天是胜利了，这就证明了当时鲁迅和“左联”所有同志们所认识的道路是正确的。认识了鲜血所开辟的道路是胜利的道路，这认识是正确的。今天的胜利，尤其照耀出了五个战死同志的不朽的光辉！作为人民的战士和英雄的光辉，作为模范的革命作家的光辉，作为先驱者的光辉。将长久照耀在人民革命史和人民革命文学史上。

我们今天来纪念在二十年前牺牲的五个同志，同时也没有忘记其他几个牺牲的作家。意思是重新温习和认识一遍这血写的我们的历史的第一页。我们要重新铭记一遍两个真理：第一，以鲜血写了第一页的历史，这历史是一定要胜利的；第二，革命是不能不流血的，而人民在流血，革命文学也就不能不和人民一同流血。认识了这一点，而且做到了这一点。那么，革命文学也是必然要胜利的。

这两个的确是真理，今天都证实了。我以为，“左联”同志们在当时就认识了这两个真理，确信了这两个真理，抱着信心，英勇地战斗着，这就是他们实实在在地开辟了胜利的道路的所在。因此，我们深深地感到，当时“左联”的实际的指导者鲁迅和瞿秋白，的确是伟大的。

总之，中国人民的革命的文学和文化所走过来的路，是壮烈的。我们今天来纪念五个战死同志，回顾着这条道路，我们的情绪也是壮烈的。

五个同志的血，和所有千千万万的革命烈士的血一样，在当时就一方面照出了反动黑暗统治的卑污与失败，一方面照出了我们今天所已经取得的人民的胜利。因此，我们今天虽然仍旧有悲痛，并且更加有愤怒和仇恨，然而我们的情绪是壮烈的。

我想，我还可以再重复一遍鲁迅的话：“同志的鲜血，永远在显示敌人的卑劣的凶暴和启示我们的不断的斗争。”我想，这话是应该永远记到的。一个作家，和一个革命者一样，就是在胜利的今天，也万万不能忘记敌人的凶暴。其次，在今天反动派自然不能够来杀害我们作家了，但我们的人民还不得不为反对美帝侵略和保卫世界和平在流血，那么，我们作家虽不一定也都到前线去流血，却必须用心血来工作，进行不断的战斗，来实践鲁迅的遗训，来实现毛主席指示的人民的爱国的文艺创造，并且来纪念我们光荣的作家烈士。

一九五一年二月七日上海。

序

——读了殷夫同志的诗

丁　玲

我第三次读完了这本诗及散文的稿子。第一次读它是在深夜，读过后我不能睡，那夜我失了眠，好像害热病似的难受。第二天精神很坏，一天也没有做事。第二次我读它是上午，也是同样一天没有做事，说不出心中的郁闷和愤懑。这是第三次了，电灯光静静的陪着我。我感到心跳，我感到血液在体内奔流，感到头发胀，我只想大叫几声，我想到户外去散步，我要设法平静我的感情，必需设法平静我的感情。

为什么我会这样的激动呢？因为我喜欢他的诗，由他的诗引起对他的尊敬，而当我读他诗的时候，当他的诗引起我对他的强烈感情的时候，我却不得不意识到，他已经早死了，这世界上已经老早没有他了，他是被国民党杀害了！

他是这样的年青，这样的富有革命热情，这样的有力量，他是一个十足的诗人，同时又是个勇敢的战士，他为了我们，为了革命，写过他的诗，流过他的血。他的放射了异彩的生命，却是这样的短促。当他牺牲的时候，年龄不过二十二岁，二十二岁，本来不过是一个还应该在大学里念书的年龄，然而殷夫同志却做了几年革命的青年工作，曾坐过三次牢，写了不少的文章和美好的诗篇，把他的青春和生命都献给革命了！

他的诗，仅仅在这能找到的二十多首中，我以为每首都像大进军的号音，都像鏖战的鼓声，我们听得见厮杀的声音，看得见狂奔的人。这战斗像泰山崩裂，像海水翻腾，像暴风骤雨，像雷电交鸣。我们感得到被压迫的人们的斗争决心，无产阶级团结起来与统治阶级的殊死的斗争。诗人的心是沉重的，是坚定的，是激烈的，诗人的感情是炽热的，它紧紧的拥抱着抗争的人们，他用力的握着真理，痛击那群卖国者，蒋介石以及他的党徒们！但诗人所给人们的远景和信心：却是光明的，愉快的，新的社会的建立！殷夫同志是一个诗坛的骄子，我还没有读到过像他这样充满了阶级革命感情的诗。他对旧的毫无留恋，而是讽刺，是卑视。他是新的诗人。在廿年以前是这样，在现在还是这样。

许多坏人不死去，还活着做恶，而好人却死去了！好人之所以死去，英雄之所以不能长生，那正是因为坏人做恶的原故。如果不是蒋介石，不是国民党法西斯分子，殷夫同志是不会死去的，他是会写出更多的好诗来的。现在中国人民革命事业已经取得胜利，殷夫同志所理想的世界已经到来了。但是如果没有殷夫同志，没有千万个，千千万万个殷夫同志，这世界是不会好起来的，那么，让我们永远记得死去的殷夫同志，和尊敬活着的殷夫同志，而把恶人永远消灭掉！

以前我是没有见过殷夫同志的，廿年后我从这束诗里认识了他。我以为我们很熟识，像一个很好的老朋友。我还愿意去搜寻他的遗作，却没有找到。这留下来的真太少了，真会使人感到不满足。但不得不先集起来，我想慢慢还会再找到一些的。

这一束稿子的确是不多的，但这一束稿子也的确可以显示出他的品质和才智来的。殷夫同志像昙花一现似的，像小小的火花，爆了几爆就灭了，但他的光是随着这一束诗篇放射到很远，他的顽强的意志，革命的精神永远不会死，而他的诗更将燃烧着后代年青者的心。我们应该要以有这样年青的革命诗人而骄傲，并因为他的原故而工作不歇。

读他的诗使我有无穷感慨，但我却愿意常常读它。如对一个知己的老朋友，这里是找得着一个最健康，最坚强，最懂得爱，最富有生命的灵魂的。

一月二十二日夜。

殷夫小传

阿　英

殷夫，一名白莽；并常用文雄白，沙菲，洛夫等笔名；姓徐。今年才二十二岁，一九〇九年生于浙江省象山县的乡下，家庭是中产农家。父亲是个医生，但在殷夫还在小学里读书的时候就死了；母亲现在还健在，是一个异常和善而于殷夫特别关心的母亲。她知道殷夫参加革命活动，并且很活跃，但她没有阻止他，只对他说："一切你自己小心！"殷夫还有两个哥哥，但十分不同，他们是南京政府的官吏。

他很谦和，不多言，尤其是出色的聪明，赋有科学的和文学的天才，在小学和家庭中都得人爱好。九岁时，就能看各种小说，写诗是在十三四岁时，就开始的；十九岁时到上海，先在民立中学读书，一年馀，转学至浦东中学，这时和革命运动开始发生关系；他学得很好的英语，又对于化学，有特别的兴趣和心得。

一九二七年四月，因一个国民党员的告密而被捕，几被枪决，后囚禁三月；关于这事，他有很长的叙事诗。释放后（同年的秋天），他进了同济大学，在那里读了将近两年的书，学得了可以自由看读的德文。自一九二九年脱离了学校，便专心参加革命工作，特别是青年工人运动。

一九二九年九月，他在丝厂罢工中被捕，并且被毒打了，但没有杀死他，放了他出来。他很快的恢复他底工作，依然做青年工人运动。

从一九二八——一九二九年，他开始更认真的写作，尤其是诗，技术上渐臻精美，感情也深刻起来，他试着表现各种情绪，将美丽的抒情诗，投寄给当时著名的文学杂志《奔流》等。而红色的鼓动诗则投给秘密发行的工人运动刊物，如《列宁青年》等。在一九二九——一九三〇年这期间中，因为他做了更多的工作，同时也学习了更多，所以除写诗以外，还写了不少有价值的关于青年工人运动的论文，登在工人运动刊物上，这是很少人知道的，因为他用了如上所述的各种笔名。

一九三〇年春，中国左翼作家联盟成立了，他也加入。他虽因参加青年工人运动的工作很忙，依然很勤勉的为左联的杂志《萌芽》《拓荒者》《巴尔底山》等写诗，他偶然也写小说，随笔等。

他于一九三一年一月十七日，和左联其他同志一齐被捕，也同在二月七日晚，被秘密枪决于龙华警备司令部。

在他死的前两天，他有一个小条子送给朋友，在那上面写了许多小字，但丝毫没有提到他的情况。他只说要一些钱；从这小条子看来，他底心境是和一切马克思、列宁主义者一样，异常平静的。

他底诗稿，此次被遗失了很大的部分——一些是遗失在他自己住处，一些则因为放在左联编辑部主任柔石同志处，被查抄时搜去了。现在将可以调查到的他底著译列表如下：

1.《孩儿塔》（诗集） 一九二九年

2.《伏尔加的黑浪》（诗集） 一九二九年

3.《一百〇七个》（诗集） 一九三〇年

4.《诗集》（包括译诗） 一九二八——一九三〇年

5.《小母亲》（小说，随笔，戏曲集） 一九二八——一九三〇年

6.《苏联的农民》（翻译） 一九二八年

7.《苏联的少年先锋队》（翻译） 一九三〇年

8.《列宁论恋爱》（翻译） 一九三〇年

目 次

第二辑

第一辑

夜的静默

夜不唱歌，夜不悲叹，
巷尾暗中敲着馄饨担，
闹钟的啜泣充满亭子间。

我想起我幼小情景——
鹤群和鸽队翱翔的乡村，
梦的田野，绿的波，送饭女人……

黑的云旗，风车的巨翼，
青苍苍的天空也被吞吃，
颤动的雷声报告恶消息。

燕儿归，鸽群回，女人回家去，
红的电，重的雷，愤怒的诗句，
狂风暴雨之暴风和狂雨。

流浪人短歌

冷幽幽的微风袭上胸口，
呵，我只穿着一件衬衫，
身旁走动着金的衣，珠的纽，
落拓的穷人也要逛夜来。

不见那边电影院口耀明灯，
电灯也高傲地向着你眨眼，
还不是嘲弄地给你询问——
“我们的门下你可要进来？”

大商店开着留声机，
广东的调儿也多风韵，
跳舞场里漏出颓废乐音，
四川路的夜已经深沉。

电车没有停，汽车飞奔，
咖啡店的侍女扬着娇音，

黄包车夫，搔头，脱了帽，
在街头，巷口，店前，逡巡。

我走着路，暗自骄傲，
空着手儿也走街沿，
也不搔头，又不脱帽，
只害得爱娇的姑娘白眼……

哈，哈，姑娘，彩花的毒蛇，
理去，理你蛊惑人心的艳装！
我不是孤高怨命的枯蝉，
我的褴褛是我的荣光。

你白领整装的Gentleman，
脑儿中也不过是些污秽波浪，
女人的腿，高的乳峰柔的身，
社会的荣誉，闪光的金洋。

巍峨挺天的邮政总局，
铁的门儿深深闭紧，
汽窗也漏出人类幽哭，
厚墙，坚壁可难关住声音。

桥的这边多白眼，

桥的那面耸高屋，
苏州河边景凄凉，
灯影乱水惹痛哭！

我不欲回头走刺路，
我不欲过桥攀高屋，
凉夜如水雾如烟，
我要入河洗个泪水浴……

青的游

青是池水，
青是芳草，
苍蝇、甲虫，粉蝶，
白兔儿在天际奔跑……

你的心如兔毛纯洁，
你的眼如兔走飘疾。

我拈花，摘花，插襟，
你微笑，点头，红晕。
花上有水珠，
花下有深心。

青是池水，
青是芳草，
天上有白，白，白的云，
我们是永，永，永在一道。

最后的梦

我从一联队的梦中醒来，
窗外还下着萧瑟的淫雨，
但恐怖的暗云块已经消散，
远处有蛙儿谈着私语。

哟，我在最后的梦中看见了你，
你像女神般端正而又严肃，
你的身后展开一畦绿的野地，
我无可慰藉地在你脚下哭泣。

“若是你对我还有，还有一些温意，
那末你说吧，说一句‘我爱’。
若是你那颗心终也没有我的居留地，
你只要轻笑着说：‘滚蛋！’”

“——你的身世，漂泊，烦恼，我同情；
我只当你是我一个可怜的弟弟，

因为我的心，我的心留在远的都城，
我不能背了他，背了他说‘我爱你’。

“……罪恶的爱！罪恶的爱！……
呵，爱到今日再不是独有的私产，
未来的社会是大家庭的世界，
千百万个爱你，你爱千百万。

“若你是个紫外线儿，或X光，
你一定总窥见了我的心怀，
你试看它的血波多么激荡，
不久，失望的情火要烧它成焦炭。”

“我说过我是一枝春笋，
坚壁的泥中埋藏了我的青年，
我今日是，是切望着光的温吻，
请哟，请说：‘弟弟，立起来！’

“……我吻着你了，你的朱唇，
冷颤颤地不胜春寒，
姊姊哟，即使你只给我一个冷的吻，
我心中也爆了新生的火山。”

一九二九年的五月一日

一

最后的电灯还闪在街心，
颓累的桐树后散着浓影，
暗红色的，灰白色的，
无数的工厂都在沉吟。

夜还没收起她的翅膀，
路上是死一般的荒凉，
托，托，托，按着心的搏跃，
我的皮鞋在地上发响。

没有带白手套的巡警，
也没有闪着白光的汽车眼睛，
烟突的散烟涌出——
纠缠着，消入阴森。

工厂散出暖的空气，
机器的声音没有疲惫，
这儿宇宙是一个旋律——
生的，动的，力的大意。

伟长的电线杆投影，
横过街面有如深井，
龌龊的墙上涂遍了白字——
创口的膏布条纹：

纪念五一劳动节！
八小时工作！
八小时教育！
八小时休息！

打倒国民党！
没收机器和工场！
打倒改良主义，
我们有的是斗争和力量！

这是全世界的创伤，
这也是全世界的内疚，
力的冲突与矛盾，
爆发的日子总在前头。

呵，我们将看见这个决口，
红的血与白的脓汹涌奔流，
大的风暴和急的雨阵，
污秽的墙上涂满新油。

呵，你颤战着的高厦，
你底下的泥沙都在蠢爬；
你高傲的坚挺烟突，
烟煤的旋风待着袭击……

二

勤苦的店主已经把门打开，
老虎灶前已涌出煤烟，
惺忪睡容的塌车夫，
坐在大饼店前享用早点……

上海已从梦中苏醒，
空中回响着工作日的呵欠声音，
上工的工人现出于街尾，
惨白的路灯残败于黎明。

我在人群中行走，
在袋子中是我的双手，

一层层一叠叠的纸片，
亲爱地吻我指头。

这里是姑娘，那里是青年，
半睡的眼，苍白瘦脸，
不整齐地他们默着行走，
黎明微凉的空气扑上人面。

她们是年青的，年青的姑娘，
他们是少年的——年轻力强，
但疲劳的工作，不足的睡眠，
坏的营养——把他们变成木乃伊模样。

他们像髑髅般瘦孱，
他们像残月般苍黄，
何处是他们的鲜血，青春……
是润着资产阶级的胃肠。

他们她们默默地走上，
哲学家般地充满思想，
这就是一个伟大的头脑，
思慕着海底的太阳。

呵，他们还不知道东方输上了红光，

这个再不是“他们”的朝上，
这五一节是“我们”的早晨，
这五一节是“我们”的太阳！

三

我才细细计划，
把我历史的工作布置，
我要向他们说明：
今天和将来都是“我们”的日子。

——“今天是五月一号，
这是他们的今朝，
我们要拒绝作工，
我们叫出三个口号：
八小时工作，
八小时休息，
八小时教育！”

“我们总同盟罢业，
纪念神圣的五一节，
这是我们誓师的大典，
我们要继续着攻击！
…………”

四

怒号般的汽笛开始发响，
厂门前涌出青色的群众，
天，似有千万个战车在驰驱，
地，似乎在挣扎着震动。

呵哟，伟大的交响，
力的音节和力的旋律，
踏踏的步声和小贩的叫喊，
汽笛的呼声久久不息……

呵，这杂乱的行列，
这破碎零落的一群，
他们是奴隶，
又是世界的主人。

这被压迫着的活力，
这被囚困着的精神，
放着大的号呼了——
欢迎我们的黎明……

我突入人群，高呼：
“我们……我们……我们……”

白的红的五彩纸片，
在晨曦中翻飞像队鸽群。

呵，响应，响应，响应，
满街上是我们的呼声！
我融入于一个声音的洪流，
我们是伟大的一个心灵。

满街都是工人，同志，我们，
满街都是粗暴的呼声，
满街都是喜悦的笑，叫，
夜的沉寂扫荡净尽。

呵哟，这是一阵春雷的暴吼，
新时代的呱呱声音，
谁都溶入了一个憧憬的烟流，
谁都拿起拳头欢迎自己的早晨，

“我们有的是力量，
我们有的是斗争，
我们的血已浮荡，
我们拒绝进厂门！……”

五

一个巡捕拿住我的衣领，
但我还狂叫，狂叫，狂叫，
我已不是我，
我的心合着大群燃烧。

他是有良心的狗：
“这是危险的事业——
只要掉得好舌头，
也可摆脱罪孽……”

谢你哟，我们的好巡警，
我领受你的好心。
从你我已看出同情的萌芽，
却看不见你阶级的觉醒。

这是对垒的时候，
只要坚决地打下心肠——
不替杀人者杀人，
那就是我们的战将。

群众的高潮在我背后消去，
黑暗的囚牢却没把我心胸占据，

我们的心是永远只一个，
无论我们的骨成灰，肉成泥。

我们的五一祭是誓师礼，
我们的示威是胜利的前提，
未来的世界是我们的，
没有刽子手断头台绞得死历史的演递。

一九二九，五，五。

我们

我们的意志如烟囱般高挺，
我们的团结如皮带般坚韧，
我们转动着地球，
我们抚育着人类的运命！
我们是流着汗血的，
却唱着高歌的一群。
目前，我们陷在地狱一般黑的坑里，
在我们头上耸着社会的岩层。
没有快乐，幸福……
但我们却知道我们将要得胜。
我们一步一步的共同劳动着，
向着我们的胜利的早晨走近。
我们是谁？
我们是十二万五千的工人农民！

一九二九，一二，二。

时代的代谢

忽然，
红的天使把革命之火
投向大地！
这不是偶然的，
这不是偶然的！
严坚的冰雪，
覆盖着春的契机，
阴森的云霾，
掩蔽着太阳的金毫万丝。
怒气
是该爆发了！
愤意
是该裂炸了！
昔日，
我们在地底，
流血，放汗，
劳筋，瘁骨，

今日，
你们走向桌下去吧！
我们要以劳动的圣歌，
在这世界——
日光耀放，
寒冰流解——
建筑一座人类的殿堂。

一九二九，一二，二。

五一的柏林

我们严肃的队伍,
开始为热烈的波涛冲破,
袭击!袭击!
愤怒的信号在群众中传播。
好像铁的雨点,从云端下落,
一阵紧迫一阵,
宪兵的马蹄敲着道路,
向,向着我们迫近!

迎战哟!我们的队伍,
为勇于迎敌的热情,
开始突破了行列,
满街,瞧!都是我们在狂奔!
雷电似的冲突!
暴怒的狂飙振摇全城!
铁与铁,肉与肉,血与血,
伟大的抗争!

暴乱的笑容展开在街头，
柏林的“五一祭”，
宪兵，军警，社会民主党，
我们是世界普罗列搭利亚的一分！
冲突吧，这是开始，
胜利的开始，
我们用枪来射击，
射击布尔乔亚的德意志！

队伍，突进，蜂聚，袭击，
街战栗，漫着杀的烟雾，
狂热的号呼代替了静寂，
每逢马路上奔驰飞步！
枪声鼓唱了新时代的新生，
红旗摇展开大斗争的前战！
攻击，攻击，永远的攻击，
斗争中没有疲倦！

一九二九，一二，一一。

我们的诗

前　灯

汽笛火箭般的飞射，
飞射进心的深窝了！
呵哟，机械万岁！
展在面前是无限的前途，
负在脊上是人类的全图！
呵哟！引擎万岁！

燃上灼光的前灯吧！
让新的光射透地球，
以太掀着洪涛，
电子的波浪咆哮，
呵哟！光明万岁！

机械前进了，
火箭似的急速，

点，点，点连成长线……
永续的前途，
突进哟！前进万岁！

一九二九，六，二三。

罗曼蒂克的时代

罗曼蒂克的时代逝了，
和着他的拜伦，
他的贵妇人和夜莺……
现在，我们要唱一只新歌，
或者是正月里来是新春，
只要，管他的，
只要合得上我们的喉音。
工厂里，全是生命：
我们昨天闹了写字间，
今天童子团怠工游行，
用一张张传单串成，
说“比打醮还要灵”
…………
这些据说上不得诗本。

一九二九，一一。

拓荒者

我们把旗擎高，
号儿吹震天穹，
只是，走前去呵，
我们不能不动！

这尚是拂晓时分，
我们必须占领这块大地，
最后的敌人都已逃尽，
曙光还在地平线底。

荒芜的阵地，
开着战斗的血花吧！
胜利的清晨，
太阳驰上光霞吧！

走前去呵，同志们！
工作的时候不准瞌睡，
大风掠着旌旗，
我们上前，上前！

一九二九，一一。

静默的烟囱

烟囱不再飞舞着烟，
汽笛不再咽叹着气，
她坚强的挺立，有如力的女仙，
她直硬的轮廓象征着我们意志！
兄弟们，不再为魔鬼工作，
誓不再为魔鬼工作！
我们要坚持我们的罢业，
我们的坚决，是胜利的条件，
铁的隧道中流着我们的血，
皮带的机转中润着我们的汗水，
我们不应忍饥寒，
我们不应受蹂躏，
我们是世界的主人。
看，烟囱静默了，
死气笼住工场的全身，
这只是斗争时的紧张，
胜利时，
汽笛将歌咏我们的欢欣。

一九二九，一一。

让死的死去吧！

让死的死去吧！
他们的血并不白流，
他们含笑的躺在路上，
仿佛还诚恳的向我们点头。
他们的血画成地图，
染红了多少农村，城头。
他们光荣地死去了，
我们不能向他们把泪流，
敌人在瞄准了，
不要举起我们的手！

让死的死去吧，
他们的血并未白流，
我们不要悲哀或叹息，
漫漫的长途横在前头。

走去吧，
斗争中消息不要走漏，
他们尽了责任，
我们还要抖擞。

一九二九，一一。

议决

在幽暗的油灯光中，
我们是无穷的多——合着影。
我们共同地呼吸着臭气，
我们共同地享有一颗大的心。

决议后，我们都笑了，
像这许多疲怠的马，
虽然，又静默了，
会议继续到半夜……

明日呢，这是另一日了，
我们将要叫了！
我们将要跳了！
但今晚睡得早些也很重要。

一九二九，一一。

写给一个新时代的姑娘

姑娘，你很美丽，
但你不是玫瑰，
你也不是茉莉，
十年前的诗人，
一定要把你抛弃！

你怎么也难想到，
你会把你的鞋跟提得高高，
头发卷而又卷，
粉花拍而再拍，
再把白手裹进丝的手套。

你是一株健美的英雄树，
把腰儿挺得笔直，
把步儿跨得轻捷，
即使在群众的会场上，
你的声音没有一些羞涩。

姑娘，你的手为劳作磨得粗黑，
你的两颊为风霜吹得憔悴，
但你的笑声却更其清脆，
你的眼珠也更加英伟，
你很配，姑娘，扯着大旗前进！

姑娘，你是新时代的战士！
姑娘，你是我们的同志。
我们和你握握手吧，
我们来和你亲亲嘴吧！
最重要是，我们和你同作战，同生死！

一九二九，一二，二五，

血 字

血 字

血液写成的大字，
斜斜地躺在南京路，
这个难忘的日子——
润饰着一年一度……

血液写成的大字，
刻划着千万声的高呼，
这个难忘的日子——
几万个心灵暴怒……

血液写成的大字，
记录着冲突的经过，
这个难忘的日子——
狞笑着几多叛徒……

五卅哟！
立起来，在南京路走！
把你血的光芒射到天的尽头，
把你刚强的姿态投映到黄浦江口，
把你的洪钟般的预言震动宇宙！

今日他们的天堂，
他日他们的地狱，
今日我们的血液写成字，
异日他们的泪水可入浴。

我是一个叛乱的开始，
我也是历史的长子，
我是海燕，
我是时代的尖刺。

“五”要成为报复的枷子，
“卅”要成为囚禁仇敌的铁栅，
“五”要分成镰刀和铁锤，
“三”要成为断锈和炮弹！……

四年的血液润饰够了，
两个血字不该再放光辉，
千万的心音够坚决了，

这个日子应该即刻消毁!

意识的旋律

银灰色的湖光,
五年前的故乡;
山也清,水也秀,
鳞波遍吻小叶舟,
平和,惰怠的云,
渺茫,迷梦似的心,
在波风黑暗的高台,
遥望银河上的天仙。
星星在苍空上闪耀,
憧憬的芽儿破晓。

南京路的枪声,
把血的影迹传闻,
把几千的塔门打开,
久睡的眼儿自外探窥,
在群众中羞怯露面,
抛露出仇恨,隘狭语箭!
实际!实际,第三实际!
“科学!”旋律迫至中央C。

呵！高音的节奏，
山高的浪头！
《月光曲》的序幕开展，
洪大的巨波起落地平线！
碧绿的天鹅绒似的波涛，
在天边，天边，夹风怒嚎！
卷上昆仑的高顶，
振动满缀石窟的长城！

愤怒的月儿血般地放光，
叛逆的妖女高腔合唱！
流血，复仇，冲锋，杀敌，
新的节拍越增越急！
黄浦滩上唱出高音，
苏州河旁低回着呻吟！
炮，铁甲车，步声，怒吼，
新的旗帜飘上了人头！
三次的流血，流血，流血，
无限的坚决，坚决，坚决！
“四一二”的巨炮振破了欢调，
哭声夹着了奸伪的狂笑！
颤音奏了短音阶的缓曲，
英雄受着无限的屈辱！
报仇！报仇，报仇！

一二·二一喊破了广州！
白的黑衣掩了红光，
五千个无辜尸首沉下珠江，
滔天的大浪又沉没了神州，
海的中心等候着最大的锤头！

最高，最强，最急的音节！
朝阳的歌曲奏着神力！
力！力！力！大力的歌声！
死，胜利，决战的赤心！
朝阳！朝阳！朝阳！
憧憬的旋律到顶点沸扬，
金光！金光！金光！
手下生出了伟大翅膀，
旋律离了键盘，
直上，直上天空飞翔，飞翔！飞翔！

一九二九，四，二三。

一个红的笑

我们要创造一个红的狞笑，
在这都市的纷嚣之上，
牙齿与牙齿之间架着铜桥，
大的眼中射出红色光芒。

他的口吞没着全个都市，
煤的烟雾薰染着肺腑，
每座摘星楼台是他的牙齿，
你唱的是机械和汽笛的狂歌！

一个个工人拿着斧头，
摇着从来未有的怪状的旗帜，
他们都欣喜的在桥上奔走，
他们合唱着新的抒情诗！
红笑的领颚在翕动，
眼中的红光显得发抖，
喜悦一定使心儿疼痛，
这胜利的光要照到时空的尽头。

一九二九，四，九。

上海礼赞

上海，我梦见你的尸身，
摊在黄浦江边，
在龙华塔畔，
这上面，攒动着白蛆千万根，
你没有发一声悲苦或疑问的呻吟。

这是，一个模糊的梦影，

我要把你礼赞，
我曾把你忧患，
是你击破东方的谜氛，
是你领向罪恶的高岭！

你现在，是在腐烂，
有如恶梦，
万蛆攒动，
你是趋向颓败，
你是需经一次诊断！

你是中国无产阶级的母胎，
你的罪恶，
等于你的功业，
你做下一切的破坏，
到头还须偿还。

五卅，四一二的血不白流，
你得清算，
你得经过审判，
我们礼赞你的功就，
我们惩罚你的罪疣。

伟大的你的主子，

你的审判主，
他能将你罪恶清数，
但你将永久不腐不死，
但你必要诊断一次。

一九二九，四，二三。

春天的街头

呵，烦闷的春吹过街头，
都市在阳光中懒懒地抖擞。
富人们呀没头地乱奔，
“金钱，投机，商市，情人！”
塌车发着隆隆地巨吼，
报告着车夫未来抬头。
哼哼唷唷地把力用尽，
只有得臭汗满身。
汽车上的太太乐得发抖，
勾情调人又得及时上手。
电车上载着一切感情，
轮子只压碎了许多人心，
还有诗人像春天的狗，
用眼光向四方乱瞅，
呵，女眼女腿满街心，
满天都是烟士披里纯。

向着咖啡电影院快走，
也无暇把腐烂的韵脚搜求。
强盗走着也像个常人，
只心里在笑巡捕怪笨！

“拍卖心，拍卖灵魂！”
“拍卖肉，拍卖良心！”

但是轰的一声，
塌车翻在街心，
一切的人都在发抖！
不见拉车的人哼唷地走在车的前头。

一九二九，三，一五。

别了，哥哥

(作算是向一个“班”的告别词吧，)
别了我最亲爱的哥哥，
你的来函促成了我的决心，
恨的是不能握一握最后的手，
再独立地向前途踏进。

二十年来手足的爱和怜，
二十年来的保护和抚养，

请在这最后的一滴泪水里，
收回吧，作为恶梦一场。

你诚意的教导使我感激，
你牺牲的培植使我钦佩，
但这不能留住我不向你告别，
我不能不向别方转变。

在你的一方，哟，哥哥，
有的是，安逸，功业和名号，
是治者们荣赏的爵禄，
或是薄纸糊成的高帽。

只要我，答应一声说，
“我进去听指示的圈套”，
我很容易能获得一切，
从名号直至纸帽。

但你的弟弟现在饥渴，
饥渴着的是永久的真理，
不要荣誉，不要功建，
只望向真理的王国进礼。

因此机械的悲鸣扰了他的美梦，

因此劳苦群众的呼号震动心灵，
因此他尽日尽夜地忧愁，
想做个普罗米修士偷给人间以光明。

真理和愤怒使他强硬，
他再不怕天帝的咆哮，
他要牺牲去他的生命，
更不要那纸糊的高帽。

这，就是你弟弟的前途，
这前途满站着危崖荆棘，
又有的是黑的死，和白的骨，
又有的是砭人肌筋的冰雹风雪。

但他决心要踏上前去，
真理的伟光在地平线下闪照，
死的恐怖都辟易远退，
热的心火会把冰雪溶消，

别了，哥哥，别了，
此后各走前途，
再见的机会是在，
当我们和你隶属着的阶级交了战火。

一九二九，四，一二。

都市的黄昏

街上卧坠下白色暮烟，
空气中浮着工女们的笑声，
都市是入夜——电灯渐亮，
连续地驰过汽车长阵。

摩托的响声嘲弄着工女，
汽油的烟味刺人鼻管，
这是从赛马场归来的富翁，
玻璃窗中漏出赌徒的高谈。

灰色的房屋在路旁颤动，
全盘的机构威吓着崩坍，
街上不断的两行列，工人和汽车；
蒙烟的黄昏更暴露了都市的腐烂。

富人用赛马刺激豪兴，
疲劳的工女却还散着欢笑，
且让他们再欢乐一夜，
看谁人占有明日清朝？

一九二九，四，二七。

奴才的悲泪

——献给胡适之先生

主人，你万主之主，
用火烧我的骨吧，
用铁炼我的皮吧，
我是你最忠诚，
最忠诚的奴才。

你残暴的高压，
已燃灼了叛乱的火焰，
你拙笨的手腕，
已暴露了你苍白的假脸，
你狂跄的步调
报到已走到坟墓前！

愿哟，天，
把你的眼光回转，

奴隶们只尚为欺骗，
革命的火焰，
只有用温水还得暂时敌对。

是的，忠言逆耳，
是的，良药苦口，
但你不能不相信，
即使火化了我的骨头，
我始终未二我的忠心！

主哟，万主的主，
死迫在我俩头顶，
只有，只有你把手段稍改变，
主奴俩还得一时逃成生，
“至少，至少”你要把粉搽搽脸！

一九三〇，一，一九。

【附白】中国没有过讽刺诗，这是我的试作，亦仿胡适之先生的“尝试”之意，故以献胡先生。

巴尔底山的检阅

虽则，我们没有好的枪炮，
虽则，我们缺少锋利的宝刀，
这有什么关系呢，
我们有的是热血，
我们有的是群众，
我们突击，冲锋，浴血，
我们守的是大众的城堡。

同志们，
站近来吧，
整一整队伍，
点一点人数：
举起我们的拳头来，
检阅了，再开步。

看，我们砍了多少横肉的头？
看，我们屠了多少凶恶的狗？

我们的成绩：不够，不够！
野火烧红了地线，
喊声震撼了九天，
我们的口令："开步走！"
冲，冲，冲到战阵前头！

一九三〇，五，二。

梅儿的母亲

"母亲，别只这样围住我的项颈，
你这样实使我焦烦，
我怕已是软弱得无力离开床枕，
但即使是死了，我还要呼喊！

"你怎知道我的心在何等地沸腾，
又岂了解我思想是如何在咆哮，
那你听，这外边是声音，解放的呼声，
我是难把，难把热情关牢！

"听呀，这——吁——吁——吁
子弹从空气中飞渡，
妈呀，这是我，你，穷人们的言语，
几千年的积愤在倾吐！"

"哪，外面是声音，声音，
生命在招呼着生命，

解放，自由，永久的平等，
奴隶是奴隶们在搏争光明！

“上前哟，劳苦的兄弟们，
不怕流血，血才染红旗，
世界的创造者只是我们，
我们要在今天，今天杀尽魔君！

“母亲，让我呼吸，让我呼吸，
我的生命已在这个旦夕，
但使我这颓败的肺叶，
收些自由气息！

“别窒死了我，我要自由，
我们穷人是在今日抬头，
我是快乐的，亲见伟举，
死了，我也不是一个牢囚！”

——在乡下——

五一歌

在今天，
我们要高举红旗，
在今天，
我们要准备战争！

怕什么，铁车坦克炮，
我们伟大的队伍是万里长城，
怕什么，杀头，枪毙，坐牢，
我们青年的热血永难流尽！

我们是动员了，
我们是准备了，
我们今天一定要冲，冲，冲，
冲破那座资本主义的恶魔宫。
杀不完的是我们，
骗不了的是我们，
我们为解放自己的阶级，

我们冲锋陷阵，奋不顾身。

号炮响震天，
汽笛徒然催，
我们冲到街上去，
我们举行伟大的五一示威！
我们手牵着手，
我们肩并着肩。

我们过的是非人的生活，
唯有斗争才解得锁链，
把沉重的镣枷打在地上，
把卑鄙的欺骗扯得粉碎，
我们要用血用肉用铁斗争到底！
我们要把敌人杀得干净，
管他妈的帝国主义国民党，
管他妈的取消主义改组派，
豪绅军阀，半个也不剩，
不建立我们自己的政权——
我们相信，我们相信，永难翻身！……

一九三〇，四，二五。

第二辑

“石炭王”

“呃，”朋友S君突然截住我的话，说：“你以为一个有知识的人，贫穷对他是比较的没有痛苦吗？”

“是的。”

“那我不能赞同，”他显得异常兴奋的样子，“那我可不能赞同！你不信，只要看看我的故事吧！”

他于是停一停，便说下去了。

“那已经是前个月的事情了，我当时还住在唐家湾附近的K君家里，当然，那时的情形同现在是没有一些不同，生活是十二分的不安定；这种我可不必向你说，你是明白地知道的，而且我当时虽然每日趿着漏了底的破鞋，整天的东跑西走，混着饭或讨些钱度日，而精神也没有多大的痛苦，我的神经是陷于麻木状态了的。

“有一天，我在很早的清晨，跑去看同乡T，他是一个医生，专门治花柳啦，白浊啦等等性病的，生意很好，生活自然也很阔绰的。我因为从前同他同过学，所以这天我就大胆的跑去，想至少一次饭总能够揩油来的。

“走到他那儿，他还睡着，做得同真正的上海人一样；我的来访，自然给他许多不舒服啰，不过，他不好意思说出来，也就勉勉强强爬了起来：

"'S君，你现在在哪个学校读书呀?'

"这把我难住了。我想：是回答他不再读书好呢?还是骗骗他说在某校读书好呢?说我在流浪，把我苦况告诉他，他或许会同情，会设法，会帮助吧?但是，倘若他也和一般人一样的缺乏同情呢?倘若他只把假装的苦笑来敷衍我的门面呢?要是他做出一副绝对的冷漠的态度，叫我不好再留，甚至不好再来呢?那又怎么办呢?

"我心里多末难过呵！我的脸涨得很热，我若能看见，那一定是紫色的了。我觉得我的嘴在喃喃着，但鬼也没有知道我是在说什么。

"'哪儿'?他又问。

"'我……我不在读书，'我终于大着胆说了：'我现在是寄居在一位朋友那里，他也一般的穷，失着业。'

"他毕竟是我的同乡，还不是透底透面的上海人，所以我的话马上使他的同情心发起作用来，他现出并不虚假的脸相，很怜悯似的给我谈生活上的问题，问我这样那样，并有说他能够尽量帮助我……我这时是多末在一种激动状态之下呢。我自从同家庭发生了冲突，开始漂泊的生活以来，我所遇到的一切人，都没有这样和蔼和同情的脸，站在他那样同等地位的人都装着冷笑，不关心的样子，同我站在同等地位的人又都是穷光蛋，生活使他们刚强，暴躁起来，差不多没有一个是有好脾气的。这些，你都有些知道的，也无用我来多说……但，这时，一个和悦，慈悲，同情的脸突然在我眼前显现了！这个突然的，出乎意外的发现，却给我莫大的威吓和惊疑！在先，我去找什么走了运的友人同乡时，我是怀着愤恨和厌恶的，我公开的或暗示的去揩油他的饭和钱，我都以为这是应该的，这是他们对我的义务，我之对他们，是用仇敌般的眼光，仿佛说：你，有钱呀！给些我啰！难道你不应该给我吗？你的钱还不是向别人揩油来的吗？……在这样时，我的心是同专在作战的兵士的心一样的，非常安定，并且陷在一种蒙昧的愉快里……但T君却显得同情我，脸上充满着诚意和怜悯，这对我和骤然在逍遥玄想时突然听见怒吼的汽车喇叭一样的可怕，心突突的跳了起来，脸热热的，一种久久在意识下压着的情绪，浮动起来，一直升上，迫着心的壁膜扣打起来了，这是多末痛呵！……

“后来，报纸来了，我们就读读报纸，不消说，这于我是无意味，所谓革命的战争啰，统一的战争啰，于我有什么关系呢？我始终是在一种痛苦的激动中呵！

“‘S君，我看你最重要还是找个职业咯！’

“‘那自然，但哪里有呢？’

“‘你看，哪，’他指《申报》的分类广告栏给我：‘这里是有许多聘请的广告，你不妨去试一试看呀！’

“于是我看了，那是聘请小学教员和各种职员的广告，我看见有一个是闸北的一个小学校登的，说要请个教小学五六年级的英国算教员，其馀的都是要女的，我便决心想去试一试这一个看。

“‘但我连车费都没有呢!’我苦笑着说。

“结果，他给了我三元钱。说除了车钱之外，馀的还可以维持生活，直等到这事情成就了为止。

“三元钱！半年多没有捻过三张以上的钞票了，呵，这是天鹅绒一般温柔呀！怎样用呢？我移脚向四马路去了。两月不到的四马路，改了不少的样子，造了不少的新屋，而最吸引人的是添了不少新书！那些有着五颜六色封面的新书，如一个一个妖装的妓女，都会向你装出一副鲜艳献媚的样儿，使你不得不在她面前徘徊!

“‘生活！生活!’我心底有声音在叫，所以我压制着欲望从C书馆荡到K书店，M书店，但是一到了L书店的门口时，一个广告吸引了我：

“‘《石炭王》!’什么生活生活的声音也压制不住了，我终于花了一元三角钱买了一本！出来之后，我又到P书店转了一转，就一直搭车到闸北去接洽职业去了。

“在车上，我是那么开心，我像在一种完全新的，过去所不认识的环境中了，对于外界的憎恶，逐渐在心中消去，我偶而看看一丛丛的房子，这在过去，我是当作一排排的牙齿，等着吃人的，但这时，我仿佛觉得，我已然是走进上海了，上海是容受了我啦！一丛丛的房子不是牙齿，却是一棵生着果子的树梗了，在我眼前展开的是一种从来未有的青绿的原野呢。我真轻快，我怀着感激和欢乐的情绪达到我的目的地。

“下了车，还须经过一个忙碌的街，在一家工厂的门口有一面旗子写着‘招工’两字，下面拥挤着一群男男女女的工人，嘴里骂着嚷着，褴褛的衣服和污浊的脸面，表示他们是失过业了。有的是乡下刚来的孩子，一面挤着，一面还惊疑似的看着一切，但在他眼里，终究也射着和我同样的感激的欢欣的光，这在另外一些人是没有的……

“‘我也去找职业呀，’我微笑着，心里这样说。

“在学校的办事处，等着两三个人，虽然他们都穿得比我整齐，发修得比较漂亮，但他们眼里有一种恐怖和不安的神情，这提醒了我，我也不安起来了！一个问题是：

“‘我会落选吗？’

“终于见了教务长，他叫我填一张表，说三天后无论中否都一定有回信的。我就很坦然走出来。路上依然看见那拥挤的人群，我更微笑着，‘我是没有那末推挤着。’

“那天晚上，钱是剩得一元了，但我很开心，三天后不是有职业了吗？我买了两个面包，一包花生米，两支洋烛，预备阅读《石炭王》了。但是看到了一百七十页左右的时候，错版发现了，足足缺了二十几面。我恨恨地把书一掼，就睡了。睡得很好。

“日子一天一天的过去，眼看第三日是过去了，信是没有，然而我还没有失望，因为我身边还有六角钱，很可以去跑一趟，并且我想《石炭王》还可以向书局去掉换，这两件事都使我快乐。

“第四天我又跑到那学校去，时间是很早，在那忙碌的街上，我看见好几个熟悉的脸，提着饭篮，从这家先前招工的厂口出来。

“我到学校的时候，教务长还没有来，这自然是上海的普通现象，我也并不奇怪。好容易他来了，带着惺忪不快的样子。

“‘先生，我的，教员的事情怎样了?’

“‘唔，我们教员请定了!’他漠然地说。

“‘那末不是我吗?’

“‘不是!’

“‘怎么不来信呀?’

“‘你是来应征过的吗?……不过我们不录取是不覆的!’

“‘怎么你以前说无论录取与否都要覆信呢?’

“‘不，’他不耐烦地说，‘我们不会那末说的!’

“‘你亲口说的。’

“‘那是你听错了!’他大声的说了，预备退到桌边去写字去了。但我却完全激怒了——

“‘我问你，先生，’我颤声的说：‘你们那末叫人来填张表，凭什么来录取呢?你知道我怎样不合格呢?你怎么不知道我是一个大学读过书的人呢?’

“‘不要那么啦!录取不录取是我们的自由!……’他也发火了，‘随你大学生不大学生!去教中学生吧，看看你这样子……’他喃喃的说了一摊，回头就走了。

“这时的我，朋友，愤怒的火焰像怒涛般的澎湃起来，我恨不得有一把刀，或一支手枪呀。否则我一定要使这学校被血涌没了，这屋子被烧了，全个上海毁灭，地球爆裂了呵!可是呀，我发现我孤独地坐在冷漠的教务室，这不属于我的屋子里，早晨的空气，带着凉意侵入窗来，操场上有一两个孩子在喧嚷着……周遭是何等冷漠的讥嘲，无限的侮辱呀……

“‘看看你这样子……’针一般的刺着我，我走出了学校，失望地悲哀地。我又经过响着机器的噪音的工厂。

“‘掉换《石炭王》去呵！’这是我唯一的慰安了，我仿佛想到一句成语：‘书中自有黄金屋。’得了，我要往书中去找安慰呵！袋里还有四毛钱，我搭了车又向四马路来。

“‘掉一本是可以的。但现在这已经重版，并且加价了。你得加二角大洋。’一个穿藏青哔叽长袍的伙计这么说。

“争辩没有用，我只得付了二角大洋。

“‘包一包好吗？’

“‘这马马虎虎！拿去好了啦！’他轻蔑地用手一摇。

“鬼使我踏进 P 书局去，许多新书和杂志引诱着我。我正在翻一本 Torrent 杂志的时候，我抬头在镜上看见我自己的样子了，头发，胡须两个月不曾剪修，真弄得像刚才出狱的犯人一般了。我不禁脸难受的红起来。

“‘…………’一种私语的声音。

“‘你，你那本《石炭王》……’一位中年的伙计刁滑地问我。

“‘怎样？’

“‘怎么不包呢？我们那儿也有卖的呵！’

“‘这是我掉错版掉来的！难道刚才我进来时，你们不曾看见么？……’我的脸更红了。

“‘唔！唔！’不信的笑声中，我走到街头。

“四马路一般地烦扰，我发怒了。

“‘嘶!’的一声，我把《石炭王》扯了，一页一页地分飞开来，我大声的叫着：

“‘去吧！去吧！你印在纸上的黑字，造孽的东西，我要毁灭你！没有你。我不会到上海来，没有你，我不会同家庭冲突，没有你，我不会受教务长的欺辱，没有你，我不会在工厂门前踌躇，而挨着饥饿！没有你，我不会把钱花了，还要受嫌疑！去吧！去吧！我要毁灭你！……’

“纸片飞舞着，群众围住我。

“‘看看那个样子呵！……’一个声音浮荡着。”

一九二九年。

监房的一夜

我被带进这地上的地狱以来，第八个晚上又忽然降临了。一点灰白色的天光，一些一些的减薄下去，和摆在热气中的一块冰，和没有油的一盏灯一般地慢慢地消灭了。于是灰色的栅木的前面，本来是紧紧地站着一堵高墙，使人连呼吸都不得不短促的，现在也渐渐（自然是似乎的）地扩大开来，苍霭的暮色，把那惨青着脸的，满着瘢痕的高墙也变成了一面无边的海洋，使人冥想出神起来了……

不过这舒服是很短的，不久一盏十六支光的电灯亮了起来，狭小的存在又突然的露出脸来。

我们这一间，一共住了十二个人，五个是工人，据说是因为参加过以前的工会的缘故，被工统会捉来送到这儿来的，他们都和我同睡在一个炕上。对面一个是工会运动的青年，三个是乡绅，一个报馆访员，一个是孩子……人真没有办法，就在牢监里还是讲阶级，那三位乡绅先生，据说是为了争办鸦片公贩事业而被人诬告为共产党捉进来的，但他们始终不曾同任何人合得来，他们俨然是“乡绅”，保持着不可侵犯的威严。那工会运动者是一个很好深思而静默的人，常常把眼睛钉看天花板像考虑什么问题似的。孩子呢，不很懂事，但这样重大的打击，似乎在他脑中起了教育的作用（我不知他是为什么捉进来的），虽有时会说说笑笑，但常常也会很成人的静思起来。那访员也不大多讲话，只时时自己对自己说些极轻的话。

所以我最觉得合得来的是我同炕的几个工人了。他们也是很不相同的，譬如说：姓王的两兄弟，是完全的忠厚人，性情虽然不十分孤癖，但是我从来就没听见他们发表意见过。所差的只有那弟弟是特别会笑一些吧了！至于那最年长的一个姓华的，他是不然了，他那双活泼的眼睛就足表明他的性格，他是有机谋，有思想的。那个姓吴的，则是一位乐观的人物，他很能随遇而安，没有像姓华的那么有血性，有反抗。其他一位姓李的，则又是一个很会怀疑的人。

我们的晚饭是早在三点钟就吃过了，这时本来是可以睡的时候了，不过牢内的生活实在太缺乏运动，睡眠常是不长的。电灯一亮了，房里是很寂寞，只有外面守兵的京戏的破腔不断地传来。我仰面躺着，没有响也没有想什么。华坐着。

"老华，"吴忽然叫起来："快把刚才讲的接下去！"

"唉，"小王说："老和尚后来那能了呢？"说着笑了。

"唉，不要讲了，这种东西还有什么好听的呢？明天不晓得审不审，这样闷住真比死还难过！"

"管他妈的！"吴说："做人还不是有一日活一日，在工厂里也是一日，在监牢里也是一日，又有什么分别呢？"

"我想判死刑总不会的吧？"李小声的说。

"判死刑也只好让他判死刑，还有什么办法呢？"吴说。

“判死刑?”我抬起身来问。“你们究竟是怎样才捉来的呢?为什么总不肯对我讲?”

“咦，我不是对你讲过了吗?”华睁着眼看我说。

“喏，许先生，”吴说：“你听我讲吗，我们五个人，赛过是很好的朋友；从前呢，是在一道做工的。刚刚国民军没有到的前半年，我们工人是有工会的，当然，这时还有什么工厂没有工会呢? 我们自然也加入的啰！华他是会写字的，就做个工会书记，其实我们是糊里糊涂的，一些也不晓得什么的，后来国民军，碰，打落上海了，又是碰的一声响，杀共产党了！那末……我们的工会改组，是以前重要些的人捉去杀的杀，关的关了。……我们是糊里糊涂的，依旧还是做工，不晓得在一个月之前工统会护工部派来一个人叫我们进去，我们进去了，他们却把我们禁起来，又送到此地，一直到现在还没审过。”

“还没审过?”我说。

“审一审就好出去了，我们是冤枉的——”华说。

“这样方便?”李反问。

“那末你呢? 许先生，”吴问：“我们也没问你过咧。”

“我，”我回答：“我不要紧，我阿哥会来保我出去，而且我也是冤枉的。”

“是的，现在的人是太不好了，动不动就拿共产党来冤枉人，”他说。

“你哥哥是做什么的?”华这样问我。

“他是在总司令部做事的，”我说。

“唔，总司令部，总司令部……”吴喃喃的说。

谈话到了一个停滞的所在了，静默又认真起来。

到次日醒来的时候，他们自然早醒了，但似乎有什么事发生过似的，大家都面看着面，不做声响，而我呢，素来是康健而又活动的，再加了一个礼拜的静养之后，精神更加充足起来，随便什么时候都兴奋着，都想说笑。我看看他们这副样子，我想他们一定是刚醒过来，带着一种惺忪怅惘的情绪，所以不说话，再不然，他们是想着家，想着过去和未来而在悲哀着吧！我这样想着，不时用询问的眼光，看看他们……

肚子饿了起来，我又想起前几天的故事了，所以我不好意思的踏着被头走过他们那边去说：

“吴，我去买些烧饼来，你肚饿吗?”

“不，不，不!”吴和华同声的回答。

我不管，我还是走到栅边去招呼了我用四元大洋贿买的那个兵，叫他设法给我买四毛小洋烧饼。

烧饼买来了，我们实行起“共餐”来了，我分成十二份，每人各得一份。这已是我们第三回的排演了。

然而别人都用感激的眼光吃了，独独只有华一个人不要，他说：

“我肚子饱，你吃吧!”

“不要客气啰!”

“不，我不客气。”很冷漠的口气。

这也就罢了。时间虽然在囚人的眼光中过得很慢，但她毕竟是走着的。中饭（其实是第一顿）吃了之后，我照例的幻想起来，我常常设想我是被判决死刑了，那时怎么样呢？我想象得和一篇小说差不多，甚至竟联想到杜斯妥也夫斯基的故事来。有时，我又带着确定的意念以为我是会得到释放的。那时，我想，我一定要求我哥哥把这五个人也救了出去。我觉得他们是很好的。

“华,”我突然说：“你们的案子这样宕着，你们可不可以做张禀单请求早审吗?”

“是哟!”吴马上热烈的说。华向他狠视一会，说：

“怕没有用吧!”

“做得恳切一些，自然要——我们帮你们做好吗?”

“不要!”

“叫许先生做不好吗?”吴问。

“……”他没有回答。

我开始有些奇怪，从前那末好谈的华，怎么今天会那末沉冷起来了呢？怕是有病吧！否则，那他一定是想着他的家，母亲或者妻子了吧！我忽然对他注意起来，像初见面似的常常看他，他的容貌也一些一些地似乎同从前不同了，实在，这因为我对任何人的观察都是马虎而又马虎，除非有了主观的用意，那末无论那个人在我的印象中，轮廓总是模糊的。

这对华也是这样，我以前就没注意他，到这时我才开始观察。于是他的棕色的前额，短硬的头发，大大的黑眼，和猪毛一般坚挺的胡子方才印到我心里去。尤其是他的眼，他看你的时候，你是要寒悸的……

这晚上，我本来又想象昨天那样的谈，然而华却说：

“吴，我今天要接续我的故事了，我说到什么地方呀！……

哦，那老和尚在山里迷了路，是不是?”

他滔滔地述说着他的故事，很动人的把五个人甚至连对炕人的注意都吸了去。但我除了听着之外，还有一种无端的烦怨闷在心里，觉得这里不是我的居处，我极想出去，而又出去不得；一种忿火不觉烧灼起来了。

华的声音，很有抑扬的在沉寂的监房中闷响着，但感觉着空漠，不禁回想到以前的几夜，他们都是何等活泼的，这时他们总叫我“穷学生”说：

“你的钱，不付学费却来付狱费咧！……”

这类的话，自然他们是根据了我的谎话而说的。他们不但很同情我，并且有时竟说了一两句在牢外不能说的话。似乎我是他们的同路人一样。华吧，他以前可以在我请求之下，不说故事，而讲他以前当兵的生活，漂浪的生活的。而这种真诚鼓励了我向他谈些真话，这原是人情分内的事情，但为什么他们都变了呢？我是感到无限的孤独，凄寂……默默地看着昏黄黯淡的电灯光睡了过去。

从不好的梦中，给臭虫和蚤儿攻击得醒来时，已经是过半夜了，对炕的绅士先生把鼾声提得很高，几乎使人想起家乡的水车房里的车歌咧！外面静谧着，整个的世界也似乎合着绅士先生的鼾声而呼吸着，任何的不调和，冲突，矛盾，罪恶，反抗，暴力都失去了似的。夜是十二分的熨贴着人的灵魂……但一种微细的语声，使我注意，那是华和吴在耳语。

华说：

“……你真瞎想……你不晓他哥在做官吗？他一出狱，还不是立刻会把一切忘记，你还真想他来救咧！……你对这种人似乎不很了解，其实我就碰见了许多，譬如说以前在十六师时，那里一个营长的儿子，是常到我们那边玩的，有时请我们吃东西，帮我们写信……但到后来要开拔了，有一个弟兄说他要逃……不料他竟去报告了他爸爸，这弟兄马上便被枪毙了……我们只当是个穷学生，却不意他真有大来历……他对我们好，那是玩玩，消遣而已，何尝真同情我们呢？……不要接近他好的，否则谁又保得住他不同委员同鼻孔出气呢？”

我听了，眼泪不禁流下颊来，提起勇气来，向下一钻，耳边除了洪洪的声音之外，便什么声音也没有了。

一九二九年五月十四日。

小母亲

她醒转来的当儿，附近工厂的汽笛正吹着合唱，这个声音，宏伟而又悲怆，像洪涛似的波荡着，深深地感动了她。

天色并未大亮，她拿手表一看，针儿正指出是五点四十分的时候，这在这个冬天的早晨，不消说是一个阴郁凄凉的时分。她抬起头来望望亭子间的窗儿，透进的还是一股愁惨惨的天空，并且当她一动的瞬间，冷气便乘着机会钻进她的被口，这使她不禁打个寒战。

“冷呵!”她下意识地喊了一声，但她并没有就更钻下去些，因为她心里立刻就想起了一桩事情：

“怎么，是上工的时候了，我不是约了小洪谈话的吗？……”

这样一想，她立刻便跳了起来，把她厚呢的旗袍往头上一套，很快的就把脚垂下床沿来找鞋袜了。

穿了鞋之后，她站了起来，这里便显出她是一个强健的忍苦耐劳的女性，蓬蓬的短发，散披在她表示出坚强意志的肩头，也掩笼了一个惺忪而很少表情的脸上，构成一个相当美丽的形相。

她的动作，是轻快而又熟练的；她不费多少时间，就把纽衣整裤的工作告了结束，一转身，她就把被也整理好了，只花了两回动作，把皱皱的被单也弄得挺直了。

她这么一做完，马上就捧了脸盆往楼下去，掏水来洗脸。她有个习惯，不肯用热水洗脸，一方面固然是因为她这样匆忙的生活方式，使她没有闲工夫去泡开水，一方面也是她忍苦的惯性，觉得要做得像小姐似的，有些不贴服。有一次，她竟出了这样的一桩笑话：她的妹妹，有一天来跟她同住，泡了些开水给她洗了，她洗了之后，两只手竟肿起来了。

洗脸这桩十分女性的事情，给她做，却是异常的男性。她没有搽粉的习惯；雪花膏在桌上有一瓶，这是因为，她要终日地在寒风中奔跑，说是为了“美学”的目的，毋宁还是说是为“卫生学”的，来得确当。她的头发，用不着梳，所以，擦了擦面，什么都完了。

她的时间，短短的一刻钟，堆满了动作，好像一个在极高度分工的情态下的工人一样，差不多没有一秒钟给她白花了，没有一步路是多走的。

洗完了脸，心里自然是：“小洪……小洪……”的念着，她在床底箱子里取出一包纸包。挟在手臂下，摸一摸袋，再在抽屉内拿出几个铜元，她就走出房去，下了锁，出门去了。

这时，弄堂里只有倒马桶的人大声地叫着，其馀的一切，都仿佛还沉在一种连续的沉闷的梦中。

这个上海的冬朝。

她是谁呢？这最好让她自己来说明。

她是一个，当然是许多个中的一个，女性，这种女性是：她所从出的环境对她们呼喊："你们是幸福的，你们不用愁穿，不用愁吃，你们可以享受的好，你们可以生活的好……"但她们自己却挺然地回答"不必，不必，我们不想好的享受，好的生活，我们已经给自己找到了道路，正义和真理给我们铺好了道路，我们不能不往前走，我们是不怕什么的，在过去，在当前，在未来，我们都准备迎受一切的苦难和不幸，我们能够自己支配自己，我们能够面当一切从地狱来的黑暗……"

她，刚才说起的她，就是这样的一个。

本来，无论就什么来论，她可和许多别的女性一样，在华美的环境中做她女性的春梦，可以用她青春的面容来替自己找个赞美者，拥抱者。可以用她娇小的喉舌，来唱些毛毛雨之类的歌曲，或，进一二步，唱些西洋曲，如"How can I leave thee"等等。

然而，她对这些叛逆了。

她不但是真理的探求者，她是为真理而战的斗士，她仗着她的能力，是那群想引下天火给人间的勇士中之一个。

真是她的幸运，同时也该感谢她敏捷的动作，小洪并没有上工去。她在一间靠近一条臭水浜的平房里，遇见了这个女工。

这条路，她是再熟没有的了，一些泥泞和破壁，她都看得异常熟习，仿佛是故乡的山水一般。

“呵哟，大阿姐，这样早！”小洪蓬着头。

“咦，笑话，还早吗？六点一刻啦，你晓得吗？”她本来不是上海人，然而上海话却讲得好（但为叙述的一致起见，她说上海话时特有的孩稚香味，只有牺牲，话也被译成普通话了）。

“猪猡又要骂啦！”小洪不在意地接上一句。

“自然，女管车恐怕还要扣工钿。”

“你东西拿来了没有？”

“拿来了，哪，这一包。”

小洪接了就要拆。

“不要动，我来告诉你，那能去分发？呃，听，你把这包放在饭篮里，拿进厂去，起初勿要动，直等到吃中饭，等到猪猡都吃饭去了时，你把这个很快的散在各车间里，最好是贴在墙上……”

“…………”

“这样做了之后呢，你不要以为事情就完了，却正不然，这还不是主要的事情，等到工人们看到了这些传单，她们一定要讲：‘对呀，对呀，要年赏，反对关厂，但是怎样办呢？’在这时候，你就要对她们解说。晓得了吗？……”

小洪这女孩痴痴的望着她，听她讲，到这时忽而大笑起来，脸泛着红色。

“怎么，小孩，什么好笑哟？”

“我觉得你像我的小母亲。

“笑话，你这孩子……你说，你是没有父母的，是不是？”

“是的，所以你要做我的小母亲呢！”

"不要瞎说，我是你的同志。

"小母亲同志，"小洪笑得更甚了。

"别讲笑话吧。赶快拿一件棉袄给我，我还要到××工会去，你呢，赶快进厂去，今天夜里在学校里再碰头。"

不久，她挟了一满包，又沿着这熟悉的路出来了。

她推门进去的时候，里面透出一阵笑声。

"我们的林英来了！"这是一个脸色苍白的青年说的。

"来了，怎么的呢？"她眨一眨眼说。

"没有什么"那青年说："我们刚在讲一个问题，为什么像L，D，P等这些人，平时话讲得那样好，又那样用功，那样努力，竟也会错误到这么的地步？"

"这有什么奇怪呵，"她一面说，一面把包子放在一只帆布床上。

这房子里面有两个人，一个是刚才说了话的苍白青年，还有一个较长大的，还躺在床上，显然是他还没有起床。

"朴平，还不起来。七点半了！"她说。

"林英，"青年说："×厂现在怎样了？"

"其馀都没有问题，最中心的是，工人都怕动，她们说'要来就大来一下'，这很明白，她们都需要一个扩大的斗争。至于我们方面呢，委员会的健全，已相当地加强，小洪已正式地转入了××厂，今天已开始去这最后一厂活动了，成绩怎样，现在当然还是问题，不过只要坚决地工作，同盟罢工一定有实现的可能。"

“那你现在还没有脱离妇女部吧。”

“没有，委员会又责成我和成两人负责，真忙啦!”她笑了起来。

“此地的事情，你今天提出，或可摆脱，你最好是专注力于委员会去。”

“我也这样想。”

“但是我们少了她，怎样的冷落呵!”床上的男子大声地说。

“笑话，我是给你们开玩笑的吗?”。

谈话茫茫地展开来，人呢，也一不会都到了，林英只是有些生气的样子，她恨声的说：

“我最恨不按时间!”

林英吃的是什么中饭，别人是不晓得的。

那时她从会场中出来，同着她的是那个苍白的青年，她因为刚才的激烈争辩，脸上还留着激动的表情，颊儿上微微有些红色的痕迹。

“林英，”那青年叫她，“你挟的，一包是什么?”

“是小洪的衣服，”她颓然的说。

于是他俩又默然地走上去。

“唫，今天我请客，我们去吃饭去。”

她看一看表，正是十二点半的光景，心里想：“倒真的有些饿，可是时间不早了。还得到××工会去……”

“不去，我还有事情，你知道吗?”

“吃得很快，不会迟的。”

“不要，我不愿迟一分钟！”

这样，莫名其妙的，他们分开走了；林英在走向一个工人家去的途中，想了一阵不联贯的事情，觉得疲倦；结果还是从袋里摸了铜元买了两个烧饼。

在李阿五家里，她换好了衣服，就拿冷了的烧饼往嘴里送。刚刚唇片触着饼的时候，她忽然呆了一呆。因为，她第一次回想起从前的事情：

那是六七年前的事了，她不消说还很小，正在家乡的女师中读书。

因为家境是很可以的，所以她也自然而然地养成些小姐的脾气。

在一个冬天的时辰，那时正预备过年，她家里的一切，都弄得丰丰满满的。她祖母，父亲母亲，两个弟弟，这样组成的家庭，在这种节期中，常常是和乐融融的。

就在那天，她因为睡得迟，来不及吃着中饭，她就有些不舒服，阴沉沉的脸相，立刻使母亲忙碌了一阵，替她特别的做一顿好饭菜。可是她，不行！她执拗着，她说她不要吃什么。她祖母把她抱住，把她的头搂在怀里，说：

“乖孩子，谁叫你贪着做梦呢？现在你看，妈替你当娘姨，快吃吧，吃下去，明年大一岁了……”

但是她还是执拗着，不吃也不响。

这样的坚持，过了很久很沉闷的一些时间，最后却激怒了父亲：

“随她的便，倔强的孩子，看她以后有没有这样的福分？……”

她于是哭了，这哭不但是表示她的屈辱，而且在心中有一种悔恨扰乱着平静。

这是她第一次“悔恨”，也是她最后一次如小姐似的做人。到了后来，她从家乡出来，经过广州，上海以及其他的地方，她变成了一个新的女性。

但这样回忆，一些没有花了她的时间，只一转瞬，她就恢复了她自己，她想：

“这还不是我第一次开始看见我自己生活的弱点吗？……”

这样想着，她很快的把烧饼吃完，从阿五家出来，到××工会里去了。

她回家的时候，已经是四点半的时光了，她又穿着她的呢袍子，仿佛一个快乐的女人似的，含着些微笑，推进她的后门去。在灶披间里，她遇见了她的房东太太，这好心的广东女人便和悦问：

“林小姐，你放学回来？”

“唵，是的。”

“教书很辛苦吧？”

“还好呢！”她笑了。“小孩子很有味的。”

在楼梯上，她不禁在心里放声大笑，这房东太太只知道她是一个教员，却也没有再想想为什么她每天要起得那样早，而且穿又穿得那样的不好。“这真是个忠厚太太……”她想，她再不会想到她亭子间的房客，是现社会所惯称的一个暴徒呵！

她推门进去，房里坐着她的表妹；她表妹是在一个学校读书的。时常会来看她，她呢，也给她表妹一个钥匙，省得有时碰壁。

“你们学校几时放假？”林英问。

“下星期。”她表妹是个极静默的女孩，不大说话，她那时在看一本讨论“一九二七革命”的书籍，只在林英进来时稍稍抬起头来笑一笑，一直就没有别的动作。

林英从袋子里掏出一个纸卷，慎重地放进靠窗台子的抽屉里，又慎重的把它推好。于是才靠了台子，微微的仰起头来，用右手掠她的头发，轻轻的叹了一口气。

“我有信没有？”她轻轻地问她表妹。

“有的，”她表妹把拿书的手垂下一边，“在这抽屉里。”等林英拿出来的时候，她又添上一句：“我拆了看过咧，是岑写的，写得很伤感。”她把尾音拖得长长的，带着一种同情的微颤。

林英拿出了信，读着，她没有讲话，她表妹也只缄默看看书，房间里充满着一种苦闷的，执拗的紧张。

这封信载着什么重要的东西呢？它把强硬的林英压得坐了下去；她的脸通过了种种不同的情感，终于是变成了虔诚似的严肃。她把信折好，装在信封里，又重复放进抽屉里；默然地看向前方：前方是什么呢，是森林，是朝日，是繁星？她是都没有看见，她在生命中第二次又看见了烟霞的团片……

但这为什么要支配她好久呢？这不可能，她英雄般的自制力，她地球般的责任心，恢复了自己。她开始微笑地眨眨眼，低声说：

“这小孩子……”

“他为什么这样消极呢？”

“还不是现代的青年啰？……”林英回答她表妹。

“人生真没趣，像他那样的人，也要说这些消沉话；真怪不得别人，我家里又来了一封信，我真不晓得怎样办好呢！……”

“怎么的，家里信怎么的？”

“下半年不得读书了……”

“是你母亲写来的吗？”

“唔。”

林英见她渐渐现出悲沉的样子，赶快说：

“不管这套，我们来烧饭，我吃了上学堂，你今天在此地好吧？”

“好的。”

在学校中我们应该引为安心，她差不多把刚刚的情感，完全被一种广大的喜悦和奋兴冲散了去；她是这样的一个人，从这样环境中长成的，情感和理性的矛盾，还不能说完全没有。我们一定知道她在以前就是一个喜欢伤感甚至喜欢哭泣的人，她的神经是向来多感的。在她起初突向自我牺牲的道路时，说是理性的把握，还毋宁说是情感的突击；只是在接近了许多人和许多事物之后，她理性的力，一天天的坚强起来，但虽如此，她情感的成分却并没有减弱。她现在是，在紧张的工作过程中，可以不笑，不哭，不叹息；然若偶然有一种火药似的东西，引发了她内秘的情感，她还要——

还要怎样呢？这就是她在李阿五家中吃饼时的一刹那，也就是接读了岑的信时的一刹那。在这里，她会对自己说：

“这不是偶然的，这有必然的原因。还多想什么呢？这种问题的解决是一条线，是一条用血写成的线，这就是我们所踏着的道路。”

但她有时也可以发呆，可以直视前方，可以轻轻地叹息。

在现在呢，在她面前站着的是一个孤苦而傲慢天真的工人，虽然她的脸是为了过度劳动，营养不良而带着苍白，但她的眼就像某种精灵的灯火，一种不可屈的，蔑视一切的光在眩然地闪耀着。小洪用手摇着林英的肩：

“你看，这样不是一个不平常的事情吗？我们再不能放过这个机会！——我到那边去了三四天，我知道，这工厂里从来就没有那样的情景过：工人们活像压在脚底的一只蚂蚁，他们奴隶的惯性使他们缄默着。他们是常在追求中沉思着，她们是缺少一根把她们串起来的线……我告诉你，今天下午，那真是一个活生生的场面，平常只闻到缫车叹息的车间，今天是充满了讨论的语声：

“‘这是谁发的呀？’

“‘管他，这话是对的。’

“当我说：‘我们怎么办哟？’她们差不多都同声的说：‘试一试啦！’

“你看，只要我们坚决，明天就可以……”

“我还须要问你多一些的问题；事情一定不像你说的那么简单，难道说他们的政党一些也没有防范吗？这是无疑的，如果因她们说试，我们立刻就试，那是小孩子玩的把戏，这是会失败的，所以我们明天一定要你去用第二步的方法。”

“但是不要太迂缓了才好哟！”

“当然不迂缓，但也不是太急切。”

这时门口又走来了四五个女工，都齐声的叫：

“林先生和小洪姐来得这样早哟？”

“对了，早啦！”林英笑了。

“呃，小凤，”小洪说，拍着一个瘦女孩的肩，“她是我的小母亲。”

“不要瞎说！”林英在她们的笑闹声中，和软地抗辩着。

不久，功课照常开始了，林英耐心地用她特制的上海话，讲了一课《平民千字课》。

在教完一课之后，她叫她们自己读。这时候，因为喧闹的厉害，只有一个沉默的她，便感觉到分外的孤单。

“这是我要想我自己问题的时候了，”她坐下时，那么想。

于是一开始，一个可怕的幻影便袭上她的视境。这是一个青年，满面是扭曲着的筋肉，在眉底的眼中，射出苦闷的光。他的唇是颤抖着，仿佛有种尖锐的东西在磨砺着他的心，他的皮肉，以至他每个的细胞。

这，她知道，是岑，是她叫做弟弟的那个同志。她能在什么时候，都想起他们初见的一次，这时是夏天，他穿着灰色的布衫，局促地，懦怯地看她，于是她便想：

“他是一个最受压迫的阶层里出来的吧？……”

以后她和他熟了，“他是一个诚恳的青年，”她是这样印象着。

他现在作为一个幻影出现在林英眼前的，是多么可怜的样子。这是为什么呢？他恳求似的眼光，是在追求什么呢？他颤抖的嘴唇，是要讲什么可怕的字句呢？……

林英是明白的，她老实说确是阅历了些人世的老手，在M都的时候，还不是那样的一幕悲剧，那是她第一次入海的经验，连头带发的浮涌在苦恼的波浪之中，过了一个学期。

现在呢？第二次的事件海潮似的又卷来了，她是镇定的，虽然有时也不免动摇，但她目前那种工作，那种责任，确给她不少的救援。

“姊姊，我说过，我是缺乏一种发动的力，我的生命是愈趋愈下的一支病苇。我的理性，其实何尝有什么决口，只是我在情感上是狂风暴雨的牺牲。我夜不能睡，我白日坐着时，却梦着不可知的幻境，我走在马路上，仿佛是一个吃醉了酒的人，柏油的路面像棉絮似的蠕动着。

“我昨晚独自在D公园里徘徊，我突然感觉到死的诱惑，高耸的大树，鬼怪一般的伸上天空去，铁青的天空，只点缀了嘲弄似的几点星光，我面对着栏外的江面，无尽的水波，倒映着凌乱的灯影……

“我不是以前有句诗叫‘灯影乱水惹人哭’的吗？那是真的。我最怕见这景象，见了一定是悲伤，是追忆，是哭泣，是死的憧憬。

“我那时觉得，我为什么没有一个来扶持一下的人呢？为什么没有一个握着我生命之缰的人呢？再想，如果我放弃了我生命的占有，而勇敢地跃入无尽的碧波中去，一切会怎样呢？一切要依旧的，公园依旧是那么静美的，上海的夜依然是那么呻吟的，乱水灯影依然是那么凄凉的，一切都不会改变……

“但我终于是想起了你，我想你怕是我最后阶段中生命的握有者吧！我，怎么讲呢？我若没有你，那是只有坚决的去死呵！我理性上是不要死，情感也一定要自杀的……

“姊姊，你听我……”

她把这封信背了这许多，沉重地又压在她的心头了。

但是学生们的喧声叫醒了她，她看看她们，呀，她们的脸，她们的脸！疲劳，兴奋，混在一起。她们是奴隶，她们是社会建筑地下室中的小草，但她们却一些死的表现都没有！她们单独的，或整个的都表现着一种向上的蓄意，她们是准备着获得什么东西，她们是准备着完成一些什么的！她们苦心地读着不熟习的字句，但每一个音节都用着整个生命所流露的力量，她们仿佛是一列疾驰着的火车，从没有停下来想一想：

“这有什么用呢？”

她们用她天真的心坚信着，她们的努力是会有报偿的……

林英看了，理性支配了她，她于是对自己说：

“我要回他一封信，我要打破他的幻灭！”

她坚决地握一握拳头。

“曼妹，”林英一踏进房门就兴奋地叫她的表妹：“我今天得到一个信念，我以为少认识一个人总少一分痛苦……”

但使她吃惊的是，她表妹并没有回答她。

“怎么的?”

“没怎么的，”她低声下气地说。

“我知道了，你不是为了你家里的来信吗，这又有什么呢?”

“但我是不知怎么的惶惑……”

“我要告诉你的是我今天得到了很多新的启示，我是觉得更坚强了。曼妹，你不要难受，这是小问题，读书没有读，不算什么事。一个人一生就是一个学习的过程，难道一定要进学校的吗？这是容易解决的，容易解决的，就是岑那么烦闷的情绪，我也决心去把他打破……”

谈话是无趣味的，林英是兴奋，表妹是颓然地沉默……

她果真写了一封信给岑，但写不到一半扯碎了。她说：

“其实，这都是无聊！……”

她于是拉开抽屉，拿出她的纸包来，慎重地誊写她的记录与决议案。

心里想：

“而且明天小洪厂内事，实在是非常严重的问题。”

一九三〇，二，一八。

“三八”们

——一个速写——

泄精器联合会

有这样一座房子，据说是上海的一种联合会的会所；自然用不着多说，门前交叉着的旗子表明着阶极性，但在名义上，和一切事物一样都是“全”什么的……

读了之后，一定要见鬼；但是不，在三月八日的一个早晨，这个联合会所忽的来了很多的漂亮女人，无疑地她们不是鬼。

“喂，密司林，你今天穿得太标致了。”

“笑话，这件衣服是旧的，难道你还没看见过吗?”

“呵哟，”另一个说:“你们不知道，今天林女士要演说呢!”

“不要瞎说，密司黄今天才要显一显身手啦，因为……哈哈，陈先生也到会哟……”

“你呢？周委员哟……”

“不要胡闹了，密司汪，你的议事日程拟好了吗？标语传单等统统预备好了吗？……”

“拟好了，标语我昨天叫阿金去贴了一天，大概总贴遍了吧！”

“今天你要演说，我们当中还算是你最能干了，我们假使没有你，怕这联合会也终归倒台的……”

“对，对，密司汪是妇协的蒋总司令！”

“哈哈，拥护蒋总司令！”

于是高跟皮鞋在楼板上急速地杂乱地奏鸣起进军曲，无数块涂上各种香料的肉，包着各种彩色，都在沙发上跳动，像一队爵士乐队似的，笑声，尖叫声，挣扎声，号呼声，杂然并奏……

“拥护，拥护……”

“呵哟，我眼镜落了，快，给我爬起来。”

“密司汪万岁！”

…………

“快不要吵，汽车来了，听，不是吗？”

“时间快到了……”

“呃，真的，演讲怎样讲法呢？……”

“还不是，三八的历史，妇女解放的意义，和妇女要参政……”

“对了，关于妇女鏖政，我有些意见，现在各机关用的女同志实在太少，我们一定要呈请中央，以后在各党政机关里要用女同志。真的（语气激昂），现在看来，我们女同志是太倒霉了，好像什么时候，什么地方都被男同志压在身上（面红）……”

“哈哈……”

“其实，你且真讲，女同志真正的挟起皮包来，也有些讨厌吧，譬如像我，老实说倒还是家里安闲住着方便，否则，连大光明去走一次也要请假，那真苦死……”

“我也不懂，三八是第三国际的日子，要我们也纪念是什么道理呢?”

“不，这是讲妇女解放的日子，第三国际是把它定作劳动妇女解放，假使照这意思说，就要有阶级斗争，但我们总理却说社会并无阶级，他定的政纲里的男女平等，就是讲全妇女的，所以我们纪念三八，另有我们的意义……”

“密司洪真是理论家!”

“…………”

“汽车已来了，我们走吧!”

高跟皮鞋响了一阵之后，汽车的门蓬的一声，喇叭呜呜地叫着，摩托拍拍的作着威，一回，终于载着笑声逝了。

泄精器联合会的会所寂然，只剩下阿金抱怨的整理着沙发，两支代表阶级性的旗子，颓丧地沉默不动。

小资产阶级的“闲话”

这时候，正有一位西装革履的青年，在马路上走，他是谁，我且不管。他是一个典型，是社会建筑上抽出的一个枝节，作为一个新闻记者，他向系着他重量的社会剥削层，尽应尽的义务。这剥削层给他多少的喂养，便利用了他的一切：他的头脑，思想，情感，具体地就是他的文字，理论，观念，感觉，喜怒哀乐，甚至于他的“闲话”与牢骚。

他是这剥削与浴血的社会建筑的一个枝节，剥削层可以随时把他推送到无底的深渊去，所以他必须照着他这个生存关系来思想，感觉，来讲“闲话”。

他这时在走着，没有一些兴奋，也没有一些欢乐。他心里，在打着一篇底稿，这是过了三天在报上要发表的！

在三月八日的早上，我经过方斜路等处，果然看见许多红绿纸的标语，从这些标语中，大概可以看出市妇女协会的几位女同志的努力的目标和奋斗的决心。——私心欣幸，但愿有一天中国社会里的可怜的妇女，都能受到这几百张标语的影响，而跳出了惨苦的火坑。

然而，我毕竟笑不出而叹息起来了，在一带满贴标语的竹篱的对面，有一家卖烧饼油条的商店，商店里一个女人已在掩面哭泣，一个很粗暴的男子一只手在擎着筷子在滚热的油锅里撩油条，一面却大声地斥骂着那个人，说：

——只会吃饭不管事，可没有这许多钱给你花用。

——别神气活现吧！人家嫁个男子享享男子的福，我嫁了你，说享什么福哩，连新衣裳也没穿上身过。——那个女人高声地但又凄咽地说。

这样的一瞬，总算在西门的路上一切红的绿的闪动中消灭。我又看见路旁林立着的许多卖高跟皮鞋的店，我看见许多打扮得很漂亮的涂着浓红的唇脂的女郎，我又看见一个年青的丐妇追逐着一位老太太讨钱，呵，我还看见共和影戏院门前的影戏广告上画的一个女子正倒在一个男人的怀里。

不说了，当我从华界而转入法租界后，又在大世界背后一条马路上，看见了一群地狱中的鬼而打了一个寒噤。

吃了饭以后，我早决定去参加市妇协的纪念会，我预料一定有很可听的演说，能给我以新的考量。果然，到了会场以后，我依然能看见许多标语，我依然能看见许多打扮得很漂亮的涂着浓红的唇脂的女郎，我依然能看见许多高跟皮鞋在会场中的移动；但我不见了可怜的丐妇，我总算也不见了那个影戏广告中的倒在男人怀里的女郎。

接着，就开会了。除了林女士（是主席），此外演说的几位全是男先生。我如何的不荣幸呢？演说的各位男先生也很有忠实的说话，尤其是许先生，说得极委婉而又句句打入女同志们的心坎。

后来口号喊过了，游艺开始了。真使我肉麻而又羞惭得不堪了。因为竟有一位男先生敢在堂堂妇女协会纪念世界妇运节的会场，公然侮辱妇女。——他是扭扭捏捏装扮不自然的女人的声调，饱含着那种妓女的媚态而唱了多时的戏，一阕完了，接着就听见有人喊“再来一个”，他真个“再来一个”，而鼓掌声喧笑声杂然并作。唉，我真不懂，这到底是什么意思呢？

一直忍到散会，我也退了出来，听得许多来宾在评论：

——戏唱得不错！

——今天怎么没有影戏。

——那个胖胖的女主席口才倒厉害。

——…………

这一个纪念会究竟能给与社会以多少影响。我又怀疑而感叹起来。

但愿妇协诸“同志”依照了她们所写的标语，所喊的口号，所提出的议决案，而做些真实的工作出来！

否则，年年三八节，将成为“唱戏先生”出风头之机会也无疑。

末了，我还希望妇女运动之平民化，我更希望下层社会的妇女能先享到妇女运动之福利，否则，仅仅是各机关多用女职员，又何足道乎？

在伟大的建筑上

这里没有什么再可记的了。

只是两个伟大的地方，不应让它辱没在河泥之中：

纪念典礼节目的前六个，在五分钟内完全做好，这是“意想不到”的成绩。

叫口号的时候，有两个口号特别得响：

“打倒多妻制！”

“铲除娶姨太太的思想！”

后来有人问：

“我们要提出‘平民化’的口号不要呢？”

“要的，”有个女士红着脸回答：

“女工在生产期间休息！”

有个劳动运动者，社会局的委员对这口号加以诠释，说明：

"女工在生产期间，必然双手无力，不能直立，不休息也无法叫她做工，并且她叫痛喊疼，必定要惹起别个工人的怒恨和同情，于工厂大有妨碍；至于污血染脏商品，也是重大的理由。"

于是这口号便和和平平地各人叫了一声，幸而，据说并没有传到街上去。

另外一种兴奋与杂感？

剪下的一条新闻：

"本月二日下午起直到七日下午，一连几天的都是天公不作美，把我们的工作加以阻难！使我们在上海，东跑西走饱尝雨水，因此我们雇了一乘汽车，去远住在法界的顶顶大名的某女博士的寓所，亲身恭请，惜不遇，后来由她的秘书给了我们一个时间约定，五号的早晨八时半去会她，我们自是维恭维敬的从命。到五号的八时半，就去她的寓所，门者引入，名片呈上，坐候于西式的她的厅里，廿分钟的光景，才有一位男士出来接见，不知这位，是秘书还是什么，不过不见女博士亲身出来，总知事不能如愿了！果不出所料，他劈口就说：'C女士近来身体欠好，不能到贵校去……'接着我们就说了很多诚恳的话，仰慕的意思，同时将我们郑校长的信，和女同学会的信，请他代为转达婉说，他倒也拿了信再向楼上去，但足足半个钟头了，还未见他下来，我们越等越心急，只有自慰着说：‘这样久不下来，一定C女士在装扮，亲自出见了……’再等仍未见来，我俩又笑着说：‘或者要把我俩那封信背熟了才下来呢……’这时候我们雇来的汽车在门外‘不！不！不不！’底叫着，催我们回去罢！果然那‘不！不！不不！’的汽车响声，把他们惊起来了，不多时下楼的脚步声响了，我俩欢喜到极点了，但一瞬间，则哑然失望极了！呵！还是一位男士出来说：‘C女士不日有要公到南京去，恐来不及到贵校演说。’这时我们虽然仍勉强说几句恭维和愿望的话，但同时节急步儿向外去，登上汽车，相并坐着，不觉异口同声叹了一口气！……妇女的先觉呵！……妇女的领袖呵！谁不摆架子？有几个能不腐化？……算了！我们从真茹到法界的几个钟头，和六七块钱的汽车费，就这样算了罢！

“下午我们去请××女学的校长王女士，她亲自出来接见，礼待有加，和蔼可亲，谈吐可敬，真不愧乎有学问而又有干才的人，又没有那腐化的臭架子，真令我们钦佩到十二万分，而且事实上，她也很爽快底答应在‘三八’节那天，到我校演说，使我们得到省时而又满意的结果，我们的内心觉有无限的安慰，知道愿意出来引导我们青年妇女的长姊姊们尚属不少呢。”

夺回我们的“三八”！

在“三八”的前两天，幽暗的地下室里，也扇起了春日的温风，虽然白色大理石的山座压着熔火的奔流，虽然黑暗的暴风吹折着光华的红焰，但火没死，依然在奔行，在冲激，在滋长！但太阳并没熄，依然在照耀，与黑云做最后的抗争！但新世界的萌芽并没有憔悴，依然在地底里发荣，生长，春日的风也侵入了地下的冰窖，也养育了赤火的炎炎。

C伏在堆满了纸片的小桌上，精细地看一种极细小的用复写纸誊好的报告，不时地咳嗽着，他是一个肺病患者，医生威吓他不准劳动，否则，他说：

“你会死！”

但他觉得“不为工作，那就是对仅仅愿意简单地当一个动物的人，也和作死的宣告一样”。所以他没有认为应该接受医生的忠告。

其实他不会死，他是要永存的……

门响着，一个女子挟了大包的东西，走了进来，没有作一声响，从袋里拿一封信给他。他拆了看一看，看一下那女子，说：

“你坐一坐，我写好东西给你带去。”

他便拿笔来，好像红毡上的梦女的脚一般的，笔尖在纸上跳跃着……

最后他这样在纸上号呼：

“……全国的劳动妇女，劳动阶级：三八，不仅是劳动妇女的，也是全劳动阶级的。纪念‘三八’就是要你们更坚决的握一握拳头，说，‘全世界无产者联合起来，打倒资产阶级！’……后天，无耻的资产阶级的小姐太太们，当然也要用一种改良的手段来欺骗你们的，但记住：‘三八’是我们的，是全世界无产阶级的，我们要以我们的行动来夺回我们的三八！我们要以《国际歌》来和她们的《毛毛雨》对立起来！”

前夜的一部分

三八的前夜，上海的脉搏加速到了极高度：此处只记一部分，为的是：上海太大了，阵线太长了，从世界的这端直到世界的那端，对立着两个阶级，“三八”是注定他们要交火的一日：

晚上警察全部出动，于是全上海都好像一条毛虫似的，遍身都出了刺角。

“今天会有什么岔子吗？”一个警察问。

“怎么知道呢？”

“共产党真是太厉害了，你看，这墙壁上竟写着这样大的字，还画着他妈的星，斧头，镰刀……”

“可不是！”

“据说明天要大示威，可惜我没有工夫，否则我一定也要去看。”

“看了又怎么的呢？”

“我要看看共产党究竟是什么样子的，究竟要怎样实行他们的主张。”

“那简直用不着再看，”他说着从表袋里郑重地拿出一张折叠得很小的纸。“看，这是刚从那面拾来的传单，你来看看他们的主张吧！”

那个慢慢的一个字一个字的读了。

“咦，他妈的，讲的不差呀，可惜……”

“嚷什么，嚷！将来他们是要胜利的。”

“对！他妈的××革命……”

“轻些！”

“管他娘，我停停总要去告诉……”

“告诉谁？”

“告诉弟兄们。”

“当心些。”

工厂门前

这是放工的时候。

阴沉的天空，真比一个法官的脸皮还要难看，一些也没有表情，没有生意。

可是在地上是相反着吧？汽笛的声音像潮水似的汹起汹落，而汇成一个旋律的洪流，工厂区的街道上，走着成队成队的工人，有的是笑，有的是骂，有的拉着大声唱些不成音歌调，想舒息舒息他们十二点钟劳动后的疲倦，许多小贩都麇集在工厂的入口，知道他们的饵儿，很足勾引工人的饥肠，于是便互相竞逐地叫出他们所卖的东西：

“香……瓜子！”尖锐的声音。

“大饼油条！”

“生煎馒头，火热!”

“白糖油酥饼……”

“花生米，瓜子……”

这时的街道，真是和一条从深睡中醒来的小羊一般，每一段，每一点都充满活的意味。

在街灯放光的时候，在××厂门口，忽然来了蓬的一响，显然是爆竹的声音，这声音如果是在某条街上突然发生，一定会和炸弹一样会吓得几个平静的神经别别乱跳。但在工人区里，这却并不是这样的。

当响了之后，满满的人都统一地走动了。

“喂，开会了，去呵，去呵!”

人起初是像潮水似的集中在一处，仿佛立刻便构成了一个单一的机器似的。

火色的大旗现在中间，上面写着：

“明天去××路示威!”

“喂!”一个尖锐的女子的声音：“明天是三月八日了！这个全世界劳动妇女的斗争纪念日，我们要怎样纪念?”

“罢工，示威!”……四围都反响着。

“我们明天到××路去示威，赞成吗?”女子的声音。

“赞成，赞成!”一百个声音。

“喂，劳动的女工和男工，都受着资本……”

“打倒资本家!”雷也似的一个口号，

“…………”女子继续着，“都受国民党的欺骗和压迫……”

“打倒国民党!”又是一个伟大的波浪。

那时，人的潮头掀动了，原因是：

工人都细声地说：“巡捕来了！”

“巡捕来了，”女子说：“不要怕，列队游行，向前去！”

于是口号，传单，脚步的声音……像交响乐似的噪鸣起来，立刻有一种进军的空气，浮荡在这工厂区里……

国际歌

这个早晨，什么东西都显得异样似的，天色有些阴惨，空气有些凝停的气概，汽车不像往常那么有威风，市街上也失了从前“工作日”的烦躁，而代之的，不是一种假日的情调，却是一种沉默的紧张，仿佛是，什么大的爆发要立刻在地球上发生似的，人们和一切，都期待着，焦虑着在心底……

“今日华租两界特别戒严！”新闻纸用大号字报知这个消息，这是一个战斗的警号。第二行则是：

“妇协今日召集代表会在总商会楼上纪念三八。”

所以新闻纸到底是观察统治阶级的镜子，在这种斗争的节目上，它必然要有两个特性：一种威吓，一个欺骗；到了平日，则换上另外两个特性：一个是他自身的矛盾冲突，一个是他们一致的威吓——白色恐怖……

街市上，四个一队的巡捕，板着鹳鹤似的脸嘴，沉重的踱着步，从这条街看到那条，这种黑色的队伍，蠢蠢的很多的在移动着……

马路上，好像是很清静的。

可是在人行道上，看哪，这是一个什么现象呢？临着马路的那一条最前线的街上，一眼看去，整齐排着都是稳固的脚，和天寒风紧时排在屋脊上的乌鸦一般，静默地，稳定地，整齐地排着……

他们有的长，有的短，有的小，有的老，有的是学生，有的是工人，有的穿着西装，有的却穿着最破陋肮脏，涂着油污的衬衣，有的穿着时式的旗袍，披着散发，有的却穿着不合身的粗布衣服，病状的脸上是一头的黄发，一根不洁的辫子，发丝上甚至有棉絮在轮转着。

他们是谁呢？他们是整个的，把他分开来看，每一个人都是懦弱，病态，疲倦，无力，可以随便给一个穿着发光皮靴的脚，踢到阴沟里去；然而，他们是排列着，几乎是手挽着手，心接连着心，呼吸合并着呼吸；他们是强大的，强大的一列，谁也不能冲破他们，他们的队伍是铁一般的坚韧……

人行道拥挤着了：队伍不是单行列的，却是重叠着，重叠，像土堤似的，威吓着要侵前到马路上来……

马路上依然巡行着鹳鹤之群，在他们无表情的脸上，有着一种上火线的沉默与惊呆，他们发现着他们是在重围之中徘徊着，他们感觉着，他们的任务已不是袭击，已不是进攻，他们要取的手段，只是防御，只是怎样使自己杀出一条血路……

但他们不怀疑，他们的生存关系命令着他们，督促着他们，他们不时地看看路旁的土堤，苦笑着，“怎样办哟？”仿佛说：“早些过去吧！”每部汽车颓丧的走过时，他们都看一看，心里想：“还是把黑色玛利亚全部开出来吧，还是把武装陆战队全体开到马路上站着吧！……"

九点钟的时候，阴沉的天忽然醒起来了，板死样的阴暗消去了，太阳用着他红色的光芒，四向扫射，号召着："前进吧！全世界的奴隶！红日当前，夺取失去的光明哟！……"果然，这不是偶然的象征……

"蓬，蓬！"

上海爆裂了！人行道上的土堤跟着声音的长浪崩到马路上来了！黑色的队伍冲散了！纸片和秋风的落叶般从空中散下来，整个的街，整个的市区，从这端到那端，从此处到那处，都像炸弹似的爆发了！声音是整个的，行动是整个的，街道充着人的头，手，帽和纸片；口号的声音像机关枪似的袭击着天空——

这是整着队的军伍哟！

前进！

黑色的个体，分散着，失落在汹涌的人潮中，他们冲突，挣扎，击打，都失了效用，群众的波浪，把他们像坟墓似的埋葬着了！

"哗……"

一支红色的长蛇在波涛上舞跃着，阳光助着威，威武地，有力地向前走动着……这是群众的血液哟，这是群众的意志，它的出现，立刻组织了群众爆燃着的情感，土堤式的队伍形成了，红旗在它的尖顶，它挺直地勇敢地向前，群众都随着……

那时，只有步声和号呼声控扼着天空，交通停滞着，全上海在声涛中沉默下去，这群众的声音，代替全中国的奴隶，以反抗的语句回答着全地球的声音……

《国际歌》和雄厚的巨人似的在街上迈步了：

谁是世界的创造主，
都是我们劳苦的工农……
一切都为生产者所有，
那里容得寄生虫……
…………

他的双臂展开着，展开着，接着美洲，搂着俄罗斯，他的喉音是世界的，从空气里传播于地面……

"呜——，"黑色玛利亚开到了，迎战的热情，像野火似的燃烧着队伍，队伍乱了，人都奔跃着，迎上去呵！迎上去呵！人跳得和搏兔的猎狗一样，手拿着帽子在空中招展，长蛇的队伍变成一个似待袭击的刺猬，红色的旌旗飞扬作为中心……

"冲过去呵！"

黑色玛利亚倾倒着黑色的队伍，慌乱地跳跃了，他们突到这边，群众集中在这边。他们跳跌到那边，群众跟着到那边，红旗在骄傲地笑着，《国际歌》的声浪像世界的喇叭似的鼓励着群众！

"前进呵，袭击！"

红旗移动了，群众迫上去了！

黑色玛利亚后退着……

《国际歌》的声浪……

群众再迫上去……

"拍！拍！拍！"

排枪响着了！群众为爆怒所袭击，进迫的阵势取着散兵线的形式……战争的旋律开始到了最高点，群众的袭击，不为指挥所统制，电车玻璃的破声，铁与石的声音遥应着……

流着血的人开始在人群中现出，他们脸上兴奋的汗与血液混在一起，蒸发着汽，吐喷着气……

枪声继续着。

“打，打，打！”群众的呼声！

人群拥挤着，旋风似的突进……

倒地的……号呼的……

一个青年，扬着长发，流着满脸的血，奔驰着，从在他身上护卫着一队苍白的工女，她们用尖锐的喉音号呼着：

“我们夺回我们的三八了！”

接着又是一阵《国际歌》声，与“拍，拍”的枪声应呼着……

这早晨，是斗争的……

一九三〇，三，二〇。

图书在版编目(CIP)数据

殷夫选集/殷夫著. —北京：开明出版社，2015.7（2023.2重印）
（新文学选集. 第1辑）
ISBN 978-7-5131-2165-1

Ⅰ.①殷… Ⅱ.①殷… Ⅲ.①诗集—中国—现代 ②散文集—中国—现代 Ⅳ.①I216.2

中国版本图书馆CIP数据核字(2015)第167543号

责任编辑：卓玥　王月梅

书　名：殷夫选集
出版人：陈滨滨
著　者：殷　夫
编辑者：新文学选集编辑委员会
主　编：茅　盾
出　版：开明出版社(北京市海淀区西三环北路25号青政大厦6层)
印　刷：山东华立印务有限公司
开　本：148＊210　1/32
印　张：4.125
字　数：86千字
版　次：2015年7月第一版
印　次：2023年2月第三次印刷
定　价：12.00